Brigitte Aschwanden

Von Zeit zu Zeit
2020 – 2022

Die Deutsche Nationalbibliothek verzeichnet diese Publikation in der Deutschen Nationalbibliografie; detaillierte bibliografische Daten sind im Internet über dnb.dnb.de abrufbar.

© Brigitte Aschwanden, Madrid 2023

Herstellung und Verlag: BoD – Books on Demand, Norderstedt

ISBN: 9783734777240

Die Autorin:
Brigitte Aschwanden ist in der Nähe von Basel geboren und aufgewachsen. Später lebte sie in Madrid, widmete sich dem Tanz und der Performancekunst, bevor sie nach Zürich zurückkehrte, Germanistik studierte und in Zug als Deutschlehrerin arbeitete. Jetzt lebt sie wieder in Madrid.
Von Zeit zu Zeit ist ihre dritte Veröffentlichung. Zuvor sind bei Books on Demand der autobiografische Roman *Wurzelhacken* (2019) und *Nicht im Traum (2020)* erschienen.

Inhalt

Beginn einer neuen Zeitrechnung...................................9

Andalusische Improvisationen.....................................64

Vom Lesen und Vergessen..87

Geschichte einer Geschichte...102

Beginn einer neuen Zeitrechnung

1

Fragen, die man sich stellte:

Vor zwei Wochen:
Soll ich mich ins Kino setzen und die Direktübertragung von Händels *Agrippina* aus dem MET genießen?
Ich hatte das Ticket schon Wochen vorher gekauft und ging hin. Zum Glück hatte ich einen Platz ausgewählt, wo nur zwei Sitze nebeneinander stehen. Also ziemlich außerhalb der Zuschaueragglomeration, am Rande sozusagen. Allerdings war der Sessel neben mir von einem älteren Herrn belegt, älter als ich, der vor Beginn dauernd hustete. Das halte ich keine drei Stunden aus, dachte ich. Kaum aber setzte die Musik ein, hörte er auf, und drei

Stunden lang kein Husten mehr. Muss wohl ein nervöser Tick gewesen sein.

Vor zehn Tagen:
Soll ich an die Chorprobe und mit ans Konzert nach Segovia, Busfahrt und Spanferkelessen inbegriffen, oder besser nicht?

Vor einer Woche:
Soll ich an die Frauendemo?
Soll ich ins Yoga?
Alle diese Entscheidungen wurden mir erspart, weil ich Rückenschmerzen hatte.

Vor sechs Tagen, als alle Schulen geschlossen wurden:
Soll ich zu meinem Sohn fahren und Kinder hüten oder kochen, während die Eltern arbeiten?
Sowohl er als auch seine Frau ließen uns verstehen, dass wir, die Großeltern, eine Risikogruppe seien und sie schon zurechtkämen.

Vor fünf Tagen:
Ob ich wohl noch ins *Reina Sofía* soll, um mir eine Ausstellung anzusehen, die nächstens zu Ende geht?
Ich ging hin, aber es war Dienstag und das Museum ge-

schlossen.

Soll ich auf dem Rückweg im *Benteveo* bei meinen Freunden einen Kaffee trinken? Ich trat ein, weil nicht viel los war, verzichtete aber auf Umarmungen und Wangenküsse.

Vorgestern haben sie das Lokal geschlossen.

Vor vier Tagen
war es immer noch eine offene Frage im Chor, ob geprobt werden sollte. Da war mir schon klar, dass das viel zu riskant war. Die Probe wurde im letzten Moment abgesagt.

Ob ich mit einer Freundin einen Spaziergang durch den Stadtpark machen sollte, war eigentlich noch keine Frage. Wir verzichteten auf Begrüßung mit Körperkontakt und hielten eine gewisse Distanz. Auf der Bank, wo wir eine halbe Stunde plauderten, schauten wir geradeaus. Sie ging von dort aus zum Zahnarzt und ich kehrte durch den *Retiro* zurück. Unterdessen war es ein Uhr und die Wiesen um den Teich herum voller Studenten, die in Gruppen zusammen saßen oder lagen und ebenfalls plauderten, aber so als ob nichts geschehen wäre. Die Uni war – wie die Schulen – vor zwei Tagen geschlossen worden.

Vorgestern

Soll ich im Bus zum Physiotherapeuten oder besser zu Fuß, obwohl es eine Stunde dauert?

Diese Entscheidung wurde mir abgenommen, weil er von dem Tag an alle Termine absagte.

Gestern

Noch einmal: Ist es unverantwortlich, das Haus zu verlassen und früh am Morgen in den *Retiro* zu gehen?

Wir zogen um neun los, hielten Abstand und sahen Dinge, die wir im Stadtpark noch nie gesehen hatten: die Ruine einer romanischen Kirche und – Pfauen! Einer stellte sein wunderschönes Rad zur Schau, drehte sich um die eigene Achse und zeigte uns gleich auch noch die Hinterseite. Sensationell.

Um vier wurde der *Retiro* geschlossen. Es mussten immer mehr geworden sein. Leute, nicht Pfauen.

Um zehn Uhr abends verkündete der Regierungschef den Notstand. Jetzt waren wir angehalten, zuhause zu bleiben, und es stellten sich neue Fragen.

2

Gedanken

13.3.2020
Es ist Abend geworden und ich fühle mich glücklich, dass heute keine schlechten Nachrichten eingetroffen sind. Niemand hustet in der Familie, niemand muss ins Spital. So wenig braucht es plötzlich für das Glück.

14.3.2020
Es ist ein gutes Gefühl, sich in seine eigene Blase zu flüchten, während draußen das Leben pulsiert, die Stadt lärmt, die Leute sprechen, grölen, schreien. Und drinnen Ruhe, Konzentration, Arbeit: lesen, schreiben, nachdenken.
Aber es ist kein gutes Gefühl, wenn draußen absolute Ruhe herrscht, die Straßen menschenleer, und ich weiß, dass ich die Wohnung nicht verlassen darf (soll), während zwei Wochen. Oder mehr. Wer weiß.
Eine Art Platzangst geistert herum.

15.3.2020

Vor zwei Wochen noch schloss ich die Fenster, um Ruhe zu haben. Dauernd hörte man Leute sprechen, rufen, nachts auch grölen. Oder Koffer vorüberrollen, alleine oder in Rudeln. Oder Lieferwagen an- und abfahren.

Heute ging ich auf den Balkon, um zu schauen, was los war, weil ich jemanden (eine Person!) sprechen hörte.

3

Die neuen Fragen:

Was bringt es, Handschuhe zu tragen, wenn man sich trotzdem an der Nase kratzt oder eine Zigarette raucht (heute gesehen).

Wo kriege ich Handschuhe her?

Taugen auch die, welche ich normalerweise fürs Putzen brauche, wenn ich sie anschließend mit Geschirrspülmittel wasche?

Wie komme ich zu einem Mundschutz, falls es nötig wird? Und wann ist es nötig? Um Einkaufen zu gehen? Wohl kaum. Wenn einer von uns beiden Symptome der Krankheit zeigt? Gewiss, aber ist es dann nicht eh zu spät?

Und wie steht es mit der Hygiene? Jeden Tag Wäsche waschen, 90 Grad? Wir nicht, solange keiner hustet. Entweder sind wir Virenträger oder eben nicht. Oder ist das falsch überlegt?

Fördert Ipuprofen die Infektion, statt das Fieber zu senken und die Muskelschmerzen zu lindern? Das Gerücht geht um, zur Zeit wird noch abgeklärt. Vorerst mal besser Paracetamol nehmen.

Können wir die Fenster öffnen und lüften? (Fragen im Chat.)

Wie lange lebt so ein Virus? Zum Beispiel auf den Äpfeln, die wir kaufen, oder im Kopfsalat?

Sollen wir auf die Putzfrau verzichten, die in mehreren Häusern putzt? Und sie trotzdem bezahlen, weil sie's braucht?

Und weitere Gedanken:

19.3.2020
Jetzt, wo die Sonne wieder scheint, macht es richtig Spaß, auf dem Balkon zu sitzen und den Leuten zuzuschauen,

den wenigen, die unten vorbeigehen.

Vor einer Woche noch war es eine Masse, ein stetiger Fluss, nichts zum Beobachten, die Details gingen unter.

22.3.2020

Eigentlich genieße ich die Ruhe. Und ich fühle mich weniger getrennt vom Rest der Welt als vorher, wo ich versuchte, mich abzuschotten von der Hektik in der Stadt und dem Medienrummel. Nichts verband mich mit den lärmenden Horden auf der Straße, den Bier trinkenden und in Gruppen lautstark disputierenden Barbesuchern, den hypnotisierten und narkotisierten, tanzenden Massen in den Diskotheken, den schnaufenden, schwitzenden Gruppen von Mountainbikern auf den Wanderwegen, den Großeinkäufern mit ihren vollbeladenen Einkaufswagen in den Supermärkten, den schreienden Demonstranten, für oder gegen was auch immer.

Jetzt hingegen bleibe ich zuhause und fühle mich verbunden mit all den Tausenden, die auch zuhause bleiben, und abends um acht öffnen wir die Balkontür und begegnen den Nachbarn, die auch klatschen und applaudieren. (Der Applaus gilt den Krankenschwestern, Ärzten und dem Pflegepersonal in den Spitälern.) Ich habe schon angefangen zu grüßen. Wenn das so weitergeht, werden wir unsere Nachbarn kennenlernen!

4

Dass es fast drei Monate dauern würde, bis wir uns wieder ohne bestimmten Grund auf die Straße begeben und spazieren gehen konnten, wusste ich noch nicht. Reisen war kurz darauf auch wieder möglich. Impfstoffe gab es noch keine und die Ära der PCR-Tests war noch nicht eingeläutet. Wir waren der Meinung, das Ganze sei vorüber.

Die lange Zeit des Eingeschlossen-Seins gab Anlass zu Vielem, unter anderem zum Schreiben. Zu Stilübungen verschiedenster Art, die ich, mangels sozialer Kontakte, auf *Facebook* veröffentlichte. Ein kleines *Like* musste genügen, als Ersatz für Gespräche und Rückmeldungen.
Facebook war für mich bis zu dem Zeitpunkt ein ungelesenes Buch gewesen. Ich hatte mir – ungern – ein Konto eröffnet, um in den Genuss der Online-Übertragungen meines Yoga-Lehrers zu kommen.

Die erste Stilübung, die ich aus lauter Langeweile durchführte oder weil ich endlich mit dem Schreiben, mit dem richtigen, literarischen, anfangen wollte und nicht wusste, wie, bekam den Titel *Der Gang ins Yoga*:

Auf dem Weg ins Yoga in der nach Hundepisse riechenden *Calle de la Cabeza* (der Kopfstraße) musste ich jeweils eine dicke, unförmige, junge Frau mit Kopfhörern überholen, die eine sehr alte Frau wortlos spazieren führte. Etwa zur gleichen Zeit blieb ein Lieferwagen halb auf dem Gehsteig stehen, damit die alten Leute, die darin saßen und unbeteiligt zum Fenster hinaus schauten, ausgeladen und ins Tageszentrum verfrachtet werden konnten, das sich auf der gegenüberliegenden Seite der Straße befindet und neben dessen Eingang die Betreuer, den Rauch nach einem letzten Zug an der Zigarette ohne Eile in die kühle Morgenluft blasend, bereits auf ihre Zöglinge warteten. Ich musste deshalb auf die andere Seite der Straße wechseln, was mich, in Anbetracht der Tatsache, dass die Straße klein und sozusagen ohne Verkehr ist, nicht störte. Hundepisse gab es auf beiden Seiten.

Nun wird das Yoga online abgehalten, ich lege meine Matte zuhause vors Handy und der morgendliche Gang durch die *Calle de la Cabeza* fällt weg. Es ist mir nicht bekannt, ob die junge, dicke Frau weiterhin die sehr alte Frau spazieren führt und ob das Tageszentrum geöffnet ist und jeden Morgen seine Klientel in Empfang nimmt. Dass die Straße am frühen Morgen weiterhin nach Hundepisse riecht, davon gehe ich aus.

Die Texte, welche in der Zeit entstanden, als die erste Pandemie-Welle abgeflaut war, beschäftigen sich allesamt mit dem Vorher und Nachher, dem Damals und Jetzt, Ausdruck des Gefühls, dass nichts mehr war wie vorher. Wir glaubten, Zeugen und Protagonisten einer neuen Normalität (in den Worten der Regierung) zu sein. Postpandemisch war die Zeit allerdings nicht, kurz danach, im Oktober, sollte die zweite Welle anrollen, und wir wussten nicht, dass es mehrere geben sollte.

5

Dass ich mich mit aus Langeweile durchexerzierten Stilübungen ins Schreiben katapultieren wollte, ins richtige, literarische – dachte ich –, scheint ein Allgemeinplatz zu sein, für den Schriftsteller (die richtigen!) beneidenswerte Worte und Metaphern finden. So habe ich vor kurzem bei Enrique Vila-Matas gelesen, dass er in Barcelona, als er noch sehr jung war, einer von den Schriftstellern gewesen sei, die nichts zu sagen hatten und daher nur Kieselsteine durch die Straßen ihrer eigenen unendlichen Langeweile zu treten wussten.

Und ich wusste, dass meine kurzen Texte eben solche aus purer Langeweile gekickten Kieselsteine waren, wohl wissend, dass er ein erfolgreicher, vielfach übersetzter

Schriftsteller ist (ein richtiger!) und ich es wohl nicht weiter bringen würde als zum Kieselsteine kicken.

Es beruhigt mich in dem Zusammenhang wenig, dass Rafael Chirbes (auch ein richtiger!) sagt beziehungsweise schreibt: »Schreiben, auch wenn du nichts im Kopf hast. Es ist das Rad, das sich im Leeren dreht. Aber die Idee ist nicht von vornherein da, sie kommt nach und nach, während du schreibst.«

Oft fand ich für meine Stilübungen tatsächlich nicht einmal einen Kieselstein auf der Straße, den ich hätte treten können, hatte ich doch sprichwörtlich nichts zu sagen, ein Rad im Kopf, das sich im Leeren drehte.

6

Die Frage ist, worüber ich schreibe – schrieb ich Ende Dezember 2021 – , wenn ich aus meinen vier Wänden kaum herauskomme, außer für gelegentliche Einkäufe oder Spaziergänge, letztere doch immerhin ausgedehnt. Aber auch das Repertoire der Spaziergänge ist eingeschränkt. Natürlich kann ich im Stadtzentrum herumstreunen, das ist aber dieser Tage überrannt von Fußgängern, Taxis und sonstigem Verkehr, laut und hektisch. Außerdem traue ich der Luft, die ich einatme, nicht. Vermutlich mehr CO_2 als O_2. Auch der Stadtpark ist gut besucht und ich kenne alle Wege, Nebenwege und Abwege so gut, dass er mich allmählich langweilt. Ähnlich ergeht es mir im weit ausgedehnten Naherholungsgebiet *Casa de Campo*, wo wir, nachdem man uns wieder »befreit« hatte, manchmal bis zu drei Stunden wanderten: Ich kenne die Wege und Routen. Außerdem hat dieser Park seit dem Schneesturm vom letzten Januar viel von seiner attraktiven Wildheit eingebüßt: Zu viele Bäume sind der Schneelast zum Opfer gefallen. Entweder ganz abgeholzt oder arg zurechtgeschnitten. Selbst die wilden, dicken Hecken fehlen. Ich weiß nicht, ob der Schnee auch sie erdrückt hat, den Schlehdorn und den Holunder, oder ob die Stadtgärtner die Gelegenheit genutzt haben zu putzen und radikal abzuholzen. Auf alle Fälle ist die große Freude, die der Park mir letztes Jahr bereitet hat, weg.

Ausgerechnet jetzt, wo ich allmählich in Fahrt gekommen bin und dachte, das Leben würde wieder etwas bunter, sind wir erneut mehr oder weniger auf unsere vier Wände zurückgeworfen. Dazu braucht es nicht einmal öffentlich verordnete Schließungen. Es genügt, dass du in Kontakt mit positiv Getesteten warst, deren es in deiner Bekanntschaft und Umgebung zahllose gibt, dass du mit großer Wahrscheinlichkeit nun auch Virenträger bist, und schon isolierst du dich, aus Rücksicht auf die anderen. Und wenn du es nicht tust, dann sind es die anderen, die dich meiden.

Ach! Und ich habe mir vor drei Wochen einen neuen Lippenstift gekauft! Den ersten seit zwei Jahren. Und ich stand kurz davor, mir ein festliches schwarzes Kleidchen zu kaufen, für die Weihnachtskonzerte und im Hinblick auf eine Neujahrsfeier mit Freunden.

7

Mein Freund Quillo, der sich als Dichter versteht, antwortete, natürlich mit einer Metapher:

In unserem Alter liegt das Schreiben in uns, Brigitte. Such nicht draußen. Wir nehmen das Leben als einen Teich wahr, der von einem wunderschönen Mantel aus Seerosen bedeckt ist, von denen viele blühen, aber es ist notwendig, unseren Taucheranzug anzuziehen und nach unten zu tauchen, wo ihre Wurzeln sich aus dem Schlamm, der Urkost unseres Lebens, nähren.

Vielen Dank, Quillo, für deinen schönen Kommentar, antwortete ich. Ich werde darüber nachdenken, denn ich weiß nicht, ob ich dir zustimmen kann.

Das Bild des Teiches, der von einem wunderschönen Mantel aus Seerosen bedeckt ist, von denen viele blühen, ging mir nicht aus dem Kopf. Ich sah mich selbst in einem Taucheranzug in den Schlamm eintauchen, um in dieser »Urkost unseres Lebens« eine Idee oder einen Impuls zu finden. Wo könnte ich mich besser inspirieren lassen?, fragte ich mich. An der Oberfläche? Im Raum der Formen, der Farben und der Klänge, auch des Wortes? Oder in der dunklen und gestaltlosen Tiefe, aus der sich unser Leben speist, die ein Raum vor den Formen, vor dem Wort ist?

Ich stimme dir zu, Quillo, schrieb ich schließlich zurück, unser Leben wird von Quellen in der Tiefe genährt, aber wir finden diese Nahrung nicht, indem wir tauchen und suchen, als ob es sich um einen versunkenen Schatz handelte. In den Tiefen unseres Inneren werden wir nichts Artikuliertes finden, und artikuliert ist das, was wir meinen, wenn wir von Schreiben sprechen. Du hast Recht, Quillo, wenn du sagst, dass es viele Wege gibt und dass jeder seinen eigenen finden muss. Wir befinden uns auf dieser Suche. Schau, was ich vor ein paar Tagen in Rafael Chirbes' Tagebüchern gefunden habe, die kürzlich veröffentlicht wurden:

»Schreiben, auch wenn du nichts im Kopf hast. Es ist das Rad, das sich im Leeren dreht. Aber die Idee ist nicht von vornherein da, sie kommt nach und nach, während du schreibst. Die Idee muss man entdecken. Die Idee und der Stil entstehen zur gleichen Zeit, sie sind Teil derselben Suche, sie gehen Hand in Hand.«

Und so schreibe ich – schrieb ich damals, als ich gerade jene Tagebücher las –, und lasse das Rad im Leeren drehen, in der Hoffnung, die Idee zu entdecken und den Stil zu finden. Vielleicht ist das ergiebiger als in den Schlamm oder ins bunte Leben einzutauchen. Was wiederum gerade nicht möglich ist.

Nicht möglich, weil wir uns eben in der dritten (Oder war es die vierte?) Covid-Welle befanden.

8

Und ich vergrub mich in die Tagebücher von Rafael Chirbes. »Traurigkeit und Entmutigung werden in das kanalisiert, was man schreibt« – schrieb er – , »und dann stellt man fest, dass man sie hatte und sie nicht mehr hat, oder dass man sie noch hat, aber dass man auch ein Buch hat. Wenn du nicht schreibst, hast du nie etwas gehabt, ein Wind, der sich rührt und wieder vergeht.«
Und was für Bücher er haben sollte, dachte ich. Als er nämlich diese Zeilen schrieb, waren *Krematorium* (2007) und *Am Ufer* (2014) noch nicht geschrieben. Der erste Band seiner Tagebücher endet mit den Einträgen von 2005. Mit Spannung erwartete ich den nächsten Band, der irgendwann erscheinen würde. Was Chirbes wohl zu sa-

gen hat, nach dem Erfolg dieser beiden großen Romane?, fragte ich mich. Wie wird er damit umgehen, dass er als bedeutender Autor gefeiert wird? Wie wird es dann um die Traurigkeit und um die Entmutigung stehen?

»Wenn du nicht schreibst, hast du nie etwas gehabt, ein Wind, der sich rührt und wieder vergeht.« Wie schön! Und ich dachte, dass ich, wenn ich schriebe, auch sagen könnte: Und dann stelle ich fest, dass ich sie hatte (die Traurigkeit und Entmutigung) und dass ich sie nicht mehr habe. Aber in keiner Weise könnte ich sagen: Ich habe danach ein Buch. Höchstens: Ich habe danach einen Text und fünf *Likes*. Oder sieben.

9

Von unserem großen Wohnzimmer gehen drei Balkone auf die Straße, typische Madrider Altstadt-Balkone. Sie eignen sich für Vieles und für Vieles auch nicht. Ein nicht allzu breiter Stuhl hat zum Beispiel Platz darauf. Das heißt, ich kann auf dem Balkönchen lesen, und wenn ich mich quer setze und die Füße an der Hauswand hochstelle, kann ich mich zwischen elf und halb zwei sonnen, ein Bier trinken und den Tauben zuschauen. Zu Besuch weilende Raucher begeben sich auf dieses Balkönchen und lassen ihren Blick gedankenverloren über die gegen-

über liegenden Dächer, Mansarden und Fernsehantennen schweifen, während sie ihren Rauch ins Freie blasen. Besuch kommt allerdings seit mehr als einem Jahr keiner mehr – schrieb ich vor wiederum mehr als einem Jahr –. Ein Tisch hätte nicht Platz, auch keine drei Personen. Es reicht gerade für zwei, wenn sie stehen. Wir können also zum Beispiel an Silvester draußen auf dem Balkon anstoßen, wenn wir zu zweit feiern, was dieses Jahr mit seinem von Viren geplagten Winter leider der Fall war.
Überhaupt hat sich unser Balkon in vielerlei Hinsicht bewährt, der mittlere der drei. Wir können nämlich nur diesen betreten. Auf dem Balkon linkerseits steht der Motor der Klimaanlage, und der dritte ganz rechts ist für meine Sukkulentensammlung reserviert, also für die Kakteen. Andere Pflanzen überleben hier nicht. Das Leben außerhalb der Wohnung während des *Lockdowns* fand auf diesem mittleren Balkon statt. Von März bis Anfang Juni. Langweilig ist dieser Balkon nicht, die Straße drei Stockwerke weiter unten ist sehr belebt. Etwas weniger während des *Lockdowns*, aber wir hatten das außerordentliche Glück, dass sich in unserer Umgebung lebensnotwendige Geschäfte befinden: eine Drogerie, ein Tabakwarenladen und eine Bäckerei. Diese drei Läden haben sich großer Warteschlangen erfreuen können und ich war während der langen Zeit des Eingeschlossen-Seins eine treue Beob-

achterin. Vor meinen Augen entwickelten sich die zeitlupenartigen Bewegungen der Wartenden und die wechselnden Formen der sich kreuzenden Warteschlangen wie Choreographien aus unsichtbarer Hand. Zu Beginn waren es sich allmählich verändernde Standbilder, später, als wir nach zwei Monaten endlich wieder aus dem Haus und Spazierengehen durften, fließende, rhythmische Ströme.

Zur Zeit erleben wir gerade ein Déjà-vu : Die Ströme der Spaziergänger auf der Suche nach einer Boutique, einem Café oder einem Restaurant lassen allmählich nach, ab zehn Uhr nachts herrscht Ausgangssperre und wieder Stille, die Straßen sind menschenleer und morgens kann ich vom Balkon aus den Warteschlangen zuschauen.

Zu welcher Zeit?, frage ich mich jetzt und verirre mich beim Zählen der Wellen oder Virus-Varianten in der neuen Zeitrechnung um die Koordinaten der Covid-Pandemie herum.

10

Letztlich ist es nicht wichtig, wann genau ein Text entstanden ist. Stets gab es darin ein Vorher und ein Nachher. Später flachte dieses Muster ab wie die Wellen der Pandemie und machte anderen Beschäftigungen und anderen Formen Platz. Sollte es sich gar um eine gewisse Entwicklung des Stils handeln?, fragte ich mich und machte mir Hoffnungen. Sagt doch mein großes Vorbild Vila-Matas, die einzige Entwicklung eines Schriftstellers sei die seines Stils. Oder so etwas Ähnliches.

Als wir uns in Madrid gerade wieder einmal großer Bewegungsfreiheit erfreuten (zwar nur innerhalb der Region, transregionales Reisen war verboten) und alle Kulturstätten geöffnet waren, ganz im Gegenteil zu anderen Regionen, schrieb ich:

Vor einem Jahr war ein Museumsbesuch in Madrid eine Herausforderung. Gänzlich undenkbar in seiner spontanen Variante: Ich geh einfach mal hin, weil ich gerade Zeit und Lust habe. Ein Besuch der Webseite spätestens am Tag vor dem beabsichtigten Besuch und die Reservation eines Zeitfensters mit dem Kauf der Tickets war unumgänglich. Und trotzdem: Warteschlangen am Eingang, Gedränge vor dem Fließband zwecks Handtaschen- und Rucksackkontrolle, Publikumsagglomerationen vor den Bildern.

Jetzt befinden wir uns in einem Zustand, den Museumsflaneure lieben: Jedem beliebigen Spaziergang kann spontan ein Umweg durch einen der zahlreichen Ausstellungspaläste angefügt werden. Am Eingang wartet gewiss ein uniformierter Museumsangestellter genau auf dich und weist dir den Weg zu den Schaltern, wo dir drei Kassiererinnen erwartungsvoll entgegenblicken. Vor der Gepäckkontrolle fühlst du dich beinahe zur Eile angehalten, so leer dreht sich das Fließband und so unbeschäftigt stehen die zwei uniformierten Wächter herum. Auch die Ticketkontrolleurin scheint nur auf dich gewartet zu haben und erklärt dir sogar den besten Weg durch die Ausstellung, nachdem sie ihr rotes Licht über deinen Barcode hat gleiten lassen. Die Säle sind für dich allein, die Bilder scheinen sich zu freuen, wenn du vor ihnen stehen bleibst. Die einsamen Wächter auf ihren Hockern erwecken dein Mitgefühl und du grüßt sie freundlich.

Es erübrigt sich zu sagen, dass dieser Zustand leider, zu meinem großen Bedauern, wieder in seine vorpandemische Form zurückgekehrt ist. Es ziehen von Neuem lärmende Horden durch die Straßen des Stadtzentrums und die Warteschlangen, die mich eine Zeit lang faszinierten und denen ich mehrere Stilübungen gewidmet habe, sind von Neuem unerträglich.

11

Wie gesagt, vermeide ich es, wenn immer möglich, Schlange zu stehen. Einzige Ausnahme war jene, die sich am Eingang des Museums *Reina Sofía* zu bilden pflegte, genauer gesagt: am Eingang zum Konzertsaal im Erweiterungsanbau von Jean Nouvel. Die Konzerte, oft zeitgenössischer Musik, erfreuten sich eines großen Publikums. Sie waren gratis, der große Saal füllte sich meist, bevor die ganze Warteschlange darin Platz gefunden hätte. Sich einen Platz zu sichern, bedeutete, eine Stunde vor Konzertbeginn in der Warteschlange Position zu beziehen, je weiter vorn desto besser. Die Schlange zog sich, beginnend bei der noch geschlossenen Glastür, an der Fassade der *Ronda de Atocha* entlang, bog dann um die Ecke und ging an der Seitenfassade des modernen Erweiterungsbaus weiter, bog anschließend in die Spitalstraße ein, und wenn ich von zu Hause diesen Weg Richtung Museum gewählt hatte, reihte ich mich dort ein. Während der ersten halben Stunde bewegte sich nichts. Dann aber ging es rasant vorwärts und manchmal auch glücklich an den Türstehern vorbei. Nicht immer. Es ist vorgekommen, dass ich die erste war, vor der wiederum geschlossenen Tür. Wer das Prozedere kannte, nahm die Wartezeit als Gelegenheit wahr, mit den Freunden zu plaudern, die mit von der Partie waren. Selbst alleine zu warten lohnte sich, die Konzerte waren es wert.

Es überrascht deshalb nicht, dass ich sofort an diese Konzerte dachte, als ich kürzlich (auch das war vor mehr als einem Jahr!) auf einem abendlichen Spaziergang in einer kleinen Seitenstraße hinter dem Museum eine lange Warteschlange entdeckte. Es war kurz nach Dämmerung und die Straße eher wenig beleuchtet.

Dann finden sie also wieder statt!, dachte ich und betrachtete die im Zwei-Meter-Abstand Wartenden. Ihr Aussehen befremdete mich. Es war durchaus ein normales Aussehen, normaler, als von Liebhabern zeitgenössischer Musik zu erwarten wäre, schien mir. Auch jünger war dieses Publikum, Dreißig- Vierzigjährige. Während die Konzertbesucher in der Warteschlange, soweit ich mich erinnerte, eher über sechzig waren. Als ich näher kam, stellte ich fest, dass die Leute in der langen Warteschlange, die sich durch die kleine Straße um eine Ecke Richtung Museum zog, nicht zu jener Straßenecke schauten, sondern mir entgegen. Allerdings nur das etwas weiter entfernte Segment der Schlange. Die Reihe, an der ich nun entlang ging, schaute nach vorn, den anderen entgegen. Zwei Reihen also, die sich an einem gewissen Punkt begegneten. Und dieser Punkt war ein hohes, verschlossenes Tor an einer düsteren, fensterlosen Fassade.

Nun begann ich zu überlegen, wozu all die Leute da anstanden, wenn sie nicht auf ein Konzert warteten. Waren es Obdachlose, die Zuflucht in einer Notschlafstelle suchten? Ihr Aussehen ließ nicht darauf schließen Zu wenig heruntergekommene Kleidung, zu gut frisiert.

Führte das Tor zum Lager einer dieser Quartier-Sammelstellen, die während dem ersten, strengen *Lockdown* in Madrid Familien, die plötzlich ohne Einkommen dastanden, mit dem Notwendigsten versorgten: Reis, Brot, Teigwaren, Milch, Monatsbinden, Windeln usw.? Waren es Mütter oder Väter, die nun hier in der langen Reihe auf ein Hilfspaket warteten? Ich erinnerte mich, dass wir damals an den Marktständen, aber auch im Supermarkt, aufgefordert wurden, Nahrungsmittel und andere notwendige Artikel einzukaufen und an gewissen Sammelstellen abzugeben. Die Aktion war sehr erfolgreich. Nach den Sommerferien hatte ich allerdings nichts mehr davon gesehen oder gehört.

Ich wagte nicht, diese schweigenden Personen zu fragen, worauf sie warteten, und ging auf dem gegenüberliegenden Gehsteig in Gedanken versunken an ihnen vorbei, bis ich vor einem Tor, das den Blick auf eine hell erleuchtete Vorhalle freigab, ein paar junge Leute traf, die nicht in einer Reihe standen, sondern in einer Gruppe, und die nicht zu warten schienen, sondern eher Pause zu machen, und die nicht schwiegen, sondern plauderten und lachten.

Ich sagte: Guten Abend, und fragte: Wisst ihr, worauf die alle warten?

Einer der jungen Männer antwortete: Die warten auf ihre Kinder. Das Tor ist der Hinterausgang einer Schule.
Und ein zweiter fügte hinzu: Wenn Sie sich anstellen, bekommen Sie sicher auch eins. (sic)

12

Ich schrieb mehrere Warteschlangen-Texte. Zwei davon veröffentlichte ich auf *Facebook*. Den zweiten hatte ich auf spanisch geschrieben und so ist er auch erschienen. Erst bei meinem Übersetzungsversuch stellte ich fest, zu welchen Missverständnissen der automatische Übersetzer führen kann. Darüber wird noch mehr zu berichten sein. Ich beschränke mich vorläufig darauf zu zeigen, wie ich damals die Leser auf mögliche Fehlübersetzungen und Missverständnisse hinwies:

»Warteschlangen und nicht Schwänze!«, betitelte ich den Hinweis:

»Wichtige Mitteilung an alle, die meine auf spanisch verfassten Artikel in der vom Programm gelieferten deutschen Übersetzung lesen: Mit *Colas* meine ich Warteschlangen und nicht Schwänze. Wenn also im Artikel auf deutsch steht: Es gibt prächtige Schwänze, muss das unbedingt korrigiert werden.«

Mein Freund Jesús Turiño stellte ein Bildschirmfoto in seinen Kommentar, auf dem zu sehen war, was der automatische Übersetzer mit meinem Text *Colas* in seinem *Facebook*-Account angefangen hatte:
»Es ist nicht das erste Mal, dass ich meine Abneigung gegen Schwänze erkläre. Ich bin ungeduldig. Aber man muss nuancieren: tief in ihnen, die Schwänze, üben eine große Faszination auf mich aus, solange ich sie nicht behalten muss. Die stoische Haltung derjenigen, die warten, hypnotisiert mich [...]«
Mein Text, von mir übersetzt, beginnt aber so:
Es ist nicht das erste Mal, dass ich meine Abneigung gegen Warteschlangen bekunde. Ich bin von Natur aus ungeduldig, Anstehen ist mir zuwider. Aber Warteschlangen an sich, solange sie mich nichts angehen, solange ich mich nicht einreihen muss, faszinieren mich. [...]

Und nun fragte ich mich natürlich, was die Leser meiner Texte in der jeweils anderen Sprache zu lesen bekamen. Das Programm schien mir nicht bloß falsch und teilweise unverständlich zu übersetzen, sondern auch beliebig zu kürzen. Umso mehr überraschten mich die *Likes* von Freunden aus der Schweiz, die unmöglich in der Lage sein konnten, meine spanischen Texte zu verstehen, oder die meiner spanischen Freunde, wenn der Text auf deutsch geschrieben war.

Von da an bemühte ich mich eine Zeit lang, die Texte zu übersetzten und sowohl auf deutsch als auch auf spanisch zu veröffentlichen. Meine Stilübungen wollte ich mir nicht vom *Facebook*-Übersetzer zerhacken lassen. Später, nachdem ich zur Kenntnis genommen hatte, dass die *Likes* nicht unbedingt darauf schließen lassen, dass ein Text gelesen worden ist, ja, dass in einem Medium wie *Facebook* die wenigsten Texte vollständig – wenn überhaupt – gelesen werden, fuhr ich mit meinen Übersetzungen zwar fort, veröffentlichte sie aber nicht mehr, sondern bloß die Originaltexte.

Übersetzen bereitet mir genau so viel Spaß wie das Schreiben. Javier Marías sagt, dass ein übersetztes Werk nicht mehr genau das Werk des Autors ist, der es geschrieben hat. Umso spannender ist es – und das sage jetzt ich –, wenn die Autorin selber übersetzt. Ich machte dabei die Erfahrung – und das sagt wieder Javier Marías, von mir übersetzt –, »dass schon die brutale Veränderung, die der Wechsel der Sprache mit sich bringt, die Möglichkeit zunichte macht, dass es dasselbe Werk ist.« Als Beispiel dieser Erfahrung könnte ich anführen, wie oft ich beim Übersetzen ganze Abschnitte wegließ oder hinzufügte. Hatte ich mich zum Beispiel während des Schreibens am deutschen Originaltext von den Worten

und Sätzen und dem Klang der Sprache zu einem bestimmten Absatz hinreißen lassen, klang dieser in der anderen Sprache, dem Spanischen, plötzlich so fade, dass sich der Abschnitt nicht mehr rechtfertigte. Auch das Gegenteil konnte der Fall sein, dass mich nämlich die Übersetzungsarbeit und damit die andere Sprache dazu veranlassten, auf dem Klang und den Konnotationen der Wörter surfend und assoziierend, einen ganzen Absatz hinzuzufügen. Als Autorin konnte ich mir diese Lizenz erlauben. Ein Übersetzer muss sich da wohl enger an die Vorlage halten.
Auf alle Fälle ging mein Warteschlangentext auf deutsch folgendermaßen weiter:

[...] Das bewegungslose Ausharren der Wartenden ist mir immer wieder ein Rätsel: Ist es Resignation? Ist es ein stilles Genießen? Eine stoische Haltung? Eine willkommene Ruhepause? Ist es ein kulturelles Phänomen? Warten die Madrilenen geduldiger als die Andalusier oder etwa die Schweizer?
Wenn ich auf eine Warteschlange stoße, kann es vorkommen, dass ich stehen bleibe, beobachte, fotografiere oder mich sogar nähere, um Nachforschungen anzustellen. Es gibt prächtige Schlangen, die sich in der Ferne verlieren, es gibt andere, die um die erste Ecke biegen und wer

weiß, wohin sie dann führen.

Das zweifellos beeindruckendste Exemplar, das mir begegnet ist, kam die Straße von *Atocha* herauf, fast von ganz unten, vom Bahnhof her. Oder kam die Schlange sogar von weiter? Vom *Paseo del Prado* um die Ecke? Ich entdeckte sie, als ich in die Fúcarstraße einbog, wo kein Ende abzusehen war. Frauen jeden Alters standen in der Reihe und warteten. Einige hatten sogar Campingstühle mitgebracht. Ich näherte mich einer besonders lebhaften Gruppe und stellte meine üblichen Fragen nach dem Warum, Wohin, Wie lange usw. Sie seien seit sechs Uhr morgens unterwegs, erklärten sie fröhlich. Von Alcalá de Henares her angereist, warteten sie nun darauf, dass sie an die Reihe kämen, dem Christus in der Basilika *Jesús de Medinaceli* die Füße zu küssen. Ich konnte es nicht glauben. Aber die Madrider Freunde und Freundinnen, denen ich später davon erzählte, waren nicht im Geringsten überrascht. Man teilte mir mit, dass sich diese Schlange jedes Jahr am ersten Freitag im März bilde, dass ich aber, wenn ich Lust hätte, jeden Freitag die Füße des Jesus küssen könne ohne anzustehen.

Jetzt, in der Vorweihnachtszeit, bilden sich im Zentrum Madrids überall Warteschlangen. Es gibt welche, um die Weihnachtslotterie zu kaufen, um eine Impfung ohne Termin zu bekommen, um den *Palacio de las Cortes* zu besuchen (das Parlament) oder um *Cortylandia* zu sehen (ein gigantisches mechanisches Puppenspiel an der Fassade des Warenhauses *El Corte Inglés*), um nur einige Beispiele zu nennen. Neulich, als ich versuchte, die von Autos und Fußgängern verstopfte Prachtstraße *Granvía* zu meiden, stieß ich in einer kleinen Seitenstraße auf eine. Es war eine beachtliche Schlange, und es gab keine Möglichkeit, sie zu umgehen, sie nahm den ganzen Bürgersteig ein. Da ich also warten musste, fragte ich das Paar vor mir, worauf sie warteten. Sie wussten es auch nicht. Als wir nach und nach vorankamen, stellte sich heraus, dass die Schlange nirgendwohin führte: Es war ein Stau von Fußgängern.

13

Ich hatte in *Facebook* einen Beitrag gelesen, in der Meinung, er sei von Alicja, meiner polnischen Freundin. Ich verstehe zwar kein Polnisch, aber der Übersetzer erlaubt mir in der Regel, ansatzweise nachzuvollziehen, worum es geht. Und wenn ich Genaueres nachvollziehen will, kopiere ich den Text und übersetze ihn mit *Deepl*, sowohl auf deutsch als auch auf spanisch. Aus dem Vergleich der beiden Versionen mache ich mir dann ein Bild. Und im Fall jenes Beitrags, der, wie sich im Nachhinein herausstellte, nicht von Alicja, meiner polnischen Freundin war, konnte ich folgenden Text rekonstruieren:

»In letzter Zeit höre ich immer öfter, dass man in verschiedenen staatlichen Unternehmen richtig gutes Geld verdienen kann. Um meine finanzielle Situation zu verbessern, beschloss ich, mich um eine Stelle in einem großen staatlichen Unternehmen zu bewerben. Ich schrieb: Ich bitte Sie, meine Bewerbung zu berücksichtigen.... und so weiter und so fort.

Nach recht kurzer Zeit erhielt ich die Antwort, dass der CEO des Unternehmens meine Qualifikationen leider als ungenügend betrachte und meine Bewerbung abgelehnt werde. Ich blieb hartnäckig und erweiterte meine zweite Bewerbung um eine vollständigere Liste meiner bisherigen Tätigkeiten und Fähigkeiten, einschließlich einiger Sprachkenntnisse. Leider war die Antwort des Unternehmens die gleiche. Ungenügende Qualifikationen.

Also fügte ich meinem dritten Schreiben zum gleichen Thema alle Diplome an, die ich hatte, und die hervorragenden Feedbacks meiner früheren Chefs. Das Unternehmen blieb ungerührt: Herr CEO sieht immer noch keine ausreichende Qualifikation.

Verärgert gab ich schließlich auf. Mein letzter Brief an die Firma lautete: Ihr ganzes Unternehmen ist mir scheißegal. Eine halbe Stunde später erhielt ich eine Antwort: Herr Präsident lädt Sie zu einem Treffen zu einem für Sie günstigen Zeitpunkt ein.«

Ich antwortete Alicja sofort, in der Meinung, sie habe das geschrieben, obwohl mich der Ausdruck »scheißegal« in ihrem Sprachgebrauch etwas befremdete:

Liebe Alicja, mir ist es einmal ähnlich ergangen, als ich mich in der Schweiz um eine Stelle beworben habe.

Erst als der Kommentar abgeschickt war, merkte ich, dass der Artikel von einem gewissen Wojciech Mann veröffentlicht worden war und Alicja ihn bloß geteilt hatte.

Einige Tage später erhielt ich einen Freundschaftsantrag von einem mir völlig unbekannten Mann und ich eliminierte ihn sofort, wie ich es immer mache mit fremden Männern. Im selben Moment erinnerte ich mich daran, dass dieser unbekannte Mann namens Wojciech Mann, den ich soeben eliminiert hatte, jener Mann war, den ich vor ein paar Tagen irrtümlicherweise mit einem Kommentar beehrt hatte. Und nun fragte ich mich, ob ich wohl gerade einen Freund von Alicja eliminiert hatte, was mir nicht recht war. Und ich schickte ihm einen Text, in dem ich erzählte, was es mit jener Bewerbung, die in meinem Kommentar erwähnt wurde, auf sich hatte, in der Hoffnung, er könne mit Hilfe der automatischen

Übersetzung einigermaßen verstehen, wie es mir damals ergangen war:

Ich arbeitete an einer Schule, an der ich mich unterbezahlt fühlte, weil ich ein Studium abgeschlossen hatte und der Arbeitgeber sich weigerte, meinen Lohn diesem Tatbestand anzugleichen. Also bewarb ich mich im folgenden Jahr an einer höheren Lehranstalt, die meinen damaligen Qualifikationen besser entsprach (und der Lohn auch). Es war die einzige Schule dieser Art in der Gegend, wo ich wohnte. Umso größer war meine Enttäuschung, als ich eine Absage erhielt, ohne Begründung. Ich wusste, dass in jener Lehranstalt jedes Jahr Stellen ausgeschrieben wurden. Und so bewarb ich mich im nächsten Jahr erneut, änderte aber meine Strategie. Das Bewerbungsschreiben begann folgendermaßen:
Sehr geehrter Herr Direktor, wie Sie wissen, habe ich mich letztes Jahr ohne Erfolg um eine Stelle als Deutschlehrerin beworben. Ich bewerbe ich mich nun von Neuem, da ich weiterhin interessiert daran bin, an Ihrer Schule zu unterrichten, und werde es jedes Jahr wieder tun, bis Sie mir den Grund nennen, warum Sie mich nicht in Betracht ziehen wollen. usw. usw.
Kurz darauf wurde ich zu einem Bewerbungsgespräch eingeladen und daraufhin angestellt.

Der (vermeintliche) Freund von Alicija reagierte nicht auf meinen Versuch, seine Eliminierung wiedergutzumachen. Also begann ich, ein wenig im Konto dieses Wojciech Mann herumzuschnüffeln, und siehe da, ich entdeckte, dass er in Polen eine Berühmtheit ist. Vielfach preisgekrönter polnischer Musikjournalist, Satiriker, Schauspieler, Lehrer, Songwriter, Fernseh- und Radiomoderator. Er muss Tausende von Fans haben, auf seine Artikel (leider in einem immer schlecht übersetzten Polnisch) folgen bis zu 20000 *Likes* oder 535 Kommentare und sie werden bis zu 2300 mal geteilt. Einer dieser Fans ist wohl Alicija, meine polnische Freundin. Fragt sich nur, wie es zu dem Freundschaftsantrag gekommen ist. Hat Wojciech Mann sich für mich interessiert? Ob es wohl automatisch generierte Anfragen gibt?

Ach, immer noch bin ich Analphabet auf *Facebook* und nehme alles viel zu persönlich! Ich mache mir doch tatsächlich Illusionen und glaube, ein *Like* auf einen meiner Artikel bedeute: Ich habe ihn gelesen und finde ihn gut.

14

Zum Glück fanden bald auch die Konzerte im *Teatro Monumental* wieder statt. »Pandemisches Theater« nannte ein Freund jene im Nachhinein betrachtet lächerlichen oder absurden Maßnahmen, wie sie hier zum Ausdruck kommen:

Der Konzertsaal des spanischen Rundfunk- und Fernsehorchesters befindet sich so nahe bei unserer Wohnung, dass die zwanzig Minuten der Pause, in der sich lange Warteschlangen vor der Damentoilette zu bilden pflegten, reichten, um nach Hause zu eilen, am Hintereingang des *Teatro Monumental* vorbei, vor dem die rauchenden Musiker zusammenstanden, während ich in der Handtasche nach dem Hausschlüssel wühlte. Die drei Treppen nahm ich im Laufschritt, verrichtete mein Geschäft und kehrte rechtzeitig auf meinen Platz zurück, bevor die Tür links neben der Bühne, auf der die Musiker bereits Platz genommen hatten, sich wieder öffnete, und der Konzertmeister hereinkam.

Nun (im November 2020) brauche ich in der Pause nicht nach Hause zu eilen, die Toiletten sind beinahe leer, der Konzertsaal nur zur Hälfte besetzt, das Publikum, im Zwei-Meter-Abstand über den ganzen Saal verteilt, selbstredend mit Gesichtsmaske, wird dazu angehalten, nach Möglichkeit in der Pause sitzen zu bleiben und nicht zu sprechen.

Die Bühne präsentiert sich als Labyrinth von Stellwänden aus Methacrylat, vor allem im Bereich der Bläser, die ihre Gesichtsmasken ausziehen, bevor sie zum Instrument greifen. Die armen Geiger hingegen klemmen ihr Instrument zwischen Schulter und Maske und versuchen, darüber hinweg einen Blick auf die Partitur zu erhaschen. Die Brillenträger unter ihnen verdienen meine ganze Anteilnahme.

Die vier Solosänger meistern die Hindernisse auf unterschiedliche Art: Jeder muss sich in ein Methacrylat-Abteil drängen, aber der singende Umgang mit der Maske bereitet nur der Sopranistin Mühe. Jedes Mal wenn der Ton in die Höhe steigt, zieht der sich öffnende Mund respektive der Unterkiefer die Maske von der Nase und sie muss diese mit der einen Hand wieder hochschieben, während die andere das Partiturheft in Blickkontakt zu halten versucht. Ich bin fasziniert von diesem Vorgang. Im Hintergrund fließt die vierstimmige Motette trotz aller Hindernisse unbeirrt weiter.

Die anderen drei Sänger scheinen bessere Masken-Modelle zu benutzen, stelle ich fest.

Methacrylat-Konzerte nannte ich den Text, wiederum im Vorher-Nachher-Schema.

Noch war es nicht so weit, der Stil konnte sich nicht weiter entwickeln, während die Erfahrungen im selben Muster feststeckten. In Spanien war die Angst vor einer Ansteckung groß, zu viele Tote hatte es gegeben, gerade in Madrid. Die Möglichkeit einer Impfung stand noch in weiter Ferne und die Winterwelle sollte sich noch einmal zu Höchstwerten aufbäumen.

15

Ein gängiger Slogan der Covid geplagten Adventszeit war: Weihnachten retten (*Salvar la Navidad*). Und ich sah mich gezwungen zu überlegen, was ich denn genau retten wollte.
Seit ein paar Jahren, seit die Enkel da waren, hatte die Feier bei uns wieder Hochkonjunktur. Dem hatte ich mich nicht entziehen können, dem Drang, die Vergangenheit in die Zukunft der Enkel hinüberzutragen, Weihnachtsbilder aus der Kindheit aufleben zu lassen, ja geradezu zu inszenieren, und sie in dieser Form weiterzugeben, wie schon einmal, als der Sohn klein war. Und so ließ ich mich jeweils hinreißen und versammelte die Generationen um mich. (Es ist und bleibt trotzdem eine Kleinfamilie, an spanischen Dimensionen gemessen.) Der Kaninchenbraten durfte nicht fehlen (Erbe meiner deutschen Großeltern) und als Kompromiss mit der Nostalgie meines Mannes gehörten Garnelen zur Vorspeise (nicht wegzudenken von seinem Weihnachtstisch). Zum Kaffee gehörten Mailänderli, Anisbrötchen und Brunzli und als

Zugeständnis an die spanische Tradition *Polvorones* und *Turrón*. Auf die echten Kerzen am Baum musste ich verzichten, da der Baum aus Plastik war. Ebenfalls ein Zugeständnis an die Umstände: Er ließ sich im Nu aus- und wieder einpacken und auf dem Estrich verstauen, samt LED-Lichterkette. Je größer der Anteil der spanischen Seite der Patchwork-Familie war (z.B. Eltern der Schwiegertochter oder Mutter des Stiefsohns oder Ex-Ehemann usw.), desto ausschweifender waren die kulinarischen Zugeständnisse: Kroketten, Jabugo-Schinken, Spanferkel, Seehecht, Fruchtsalat usw. Ein eigentliches Patchwork-Menü. Mehr als einmal litt darunter der Teil der Feier, der meiner Kindheitsnostalgie am nächsten lag: das gemeinsame Singen vor dem leuchtenden Weihnachtsbaum.

Und nun galt es also dieses Jahr zu entscheiden, was gerettet werden sollte trotz Pandemie und allem Drum und Dran, und ich erinnerte mich wieder an meine Kindheitsbilder. Da war eines mit einem geschmückten, leuchtenden Tannenbaum im Wald und wir darum herum im Schnee, da war ein anderes, aus dem Fotoalbum meiner Eltern: ein kleines Mädchen, das sich einen Schemel an die Stubentür gerückt hatte, um durch das Schlüsselloch gucken zu können. Da stand sie – da stand ich – auf Zehenspitzen und wartete darauf, einen Blick auf das

Christkind erhaschen zu können.

Keine Vorsichtsmaßnahme, keine Ansteckungsangst, kein Aber sollte das verhindern: das Wunder, das absolut säkulare, aber nichtsdestoweniger wunderbare kindliche Weihnachtserlebnis.

Der Wald war die *Casa de Campo*, das Erholungszentrum nahe der Stadt, der Tannenbaum ein Pinienbaum, aber wir schmückten ihn und er leuchtete mit seinen LED-Girlanden in die einsetzende Dunkelheit. Wir suchten den Weihnachtsmann und ein paar späte Biker halfen uns dabei. Wir tranken Glühwein und Milch aus leuchtenden, blinkenden Plastikgläsern, das Menü reduzierten wir auf Zopfbrot und Käse, keine Reduktion aber gab es beim Singen: lauthals, fröhlich und falsch, mit Text aus dem Handy. Die Kinder waren glücklich; den Weihnachtsmann hatten sie zwar nicht gefunden, aber er hatte die Geschenke unter den Baum gelegt; ihre Eltern waren glücklich, weil sie ihre Kinder glücklich sahen; und ich war auch glücklich, nicht nur weil ich mir das Staubsaugen am folgenden Morgen sparen konnte.

Silvester präsentierte sich ebenso kompliziert. Die letzten Jahre hatten wir in Canillas de Albaida gefeiert, auf einem von Olivenbäumen gesäumten Hügel mit Blick auf das unten in der Dunkelheit weiß schimmernde andalusische Dörfchen und die weit oben in der Dunkelheit schimmernde Milchstraße. Und im Haus von Marcio und Marilza trafen wir vor dem flackernden Kamin die geladenen Freunde, jedes Jahr in unterschiedlicher Besetzung, jedes Jahr neue, angenehme Bekanntschaften.

Das Basis-Quartett waren Marilza Gouvea: Vocals, Marcio Mattos: Cello, Pelayo Arrizabalaga: Saxo alto, Javier Paisariño: Saxello und Querflöte. Und jedes Jahr kamen andere Freunde der Improvisation dazu: Javier Denis, Alain Piñero usw.

Sie spielten ins neue Jahr hinein; wir anderen vergaßen die Trauben und den Champagner, hingen auf dem Sofa und in den bequemen Sesseln unseren Erinnerungen nach oder ließen uns einfach von der Musik schaukeln. Irgendwann standen wir dann aber doch mit einem Glas Sekt auf der Veranda und die eine oder der andere steckte sich ein paar verspätete Trauben in den Mund, bevor wir uns in unsere improvisierten Betten begaben.

Zum Frühstück trudelten wir wieder auf der Veranda ein, die verschlafenen Augen hinter Sonnenbrillen versteckt, Marilza brachte ihre Sammlung von alten Strohhüten, frisch gepressten Orangensaft und alles, was es sonst noch brauchte für ein Frühstück an der andalusischen Neujahrsmorgensonne.

Nun, dieses Jahr, bleiben wir an Silvester alle brav zu

Hause. Marilza und Marcio, die Brasilianer, in ihrem Häuschen in London, Pelayo und ich in unserer Wohnung in Madrid, Javier Paisariño, wer weiß wo. Musizieren wollen sie zusammen über Zoom. Ich stelle mir schon vor, wie mein Mann sich – nach dem bescheidenen Silvesterabendessen zu zweit – die Kopfhörer überstülpt, das Mikrophon vorbereitet und mir signalisiert, ich solle nun ja keinen Laut mehr von mir geben.

16

Die *Langostinos* gehören zum spanischen Weihnachts- und Neujahrsmenü wie die Essiggurken zum Raclette. Es fällt mir aber schwer, eine angemessene Bezeichnung auf deutsch zu finden. In Deutschland könnten es Garnelen sein, in der Schweiz Crevetten. Nur stellen sich Schweizer darunter vermutlich etwas Kleineres und etwas Geschälteres vor, denn die *Langostinos* können riesig sein, vor allem die auf dem Silvester-Tisch. Riesencrevetten also?
Jedenfalls kann mein Mann ohne diese Meerestiere auf dem Teller nicht Weihnacht oder Neujahr feiern.
Schwierig war das jenes Jahr, als wir die Feiertage in einem kleinen Skiort im Wallis verbrachten. Im Dorf selber nur Restaurants, Hotels und ein kleiner Dorfladen, in dem es selbstverständlich keine Crevetten gab. Im Dorf

weiter unten gebe es einen Coop, dort könne er welche finden. Das erfuhr er am Nachmittag des 24. und er ließ sich in keiner Weise davon abhalten, noch vor Ladenschluss ins andere Dorf hinunter zu gehen. Ja, gehen ist der richtige Ausdruck. Bus gab es um diese Zeit keinen, und Auto hatten wir nicht. Er nahm die Abkürzung den Wald hinunter, durch den Schnee und die Dämmerung, und kam zwei Stunden später zurück, erschöpft, aber stolz und packte seine Beute aus: einen Beutel tiefgefrorener geschälter Crevetten. Minicrevetten!

Nun, dieses Jahr, gibt es bezüglich der Crevetten überhaupt nichts Neues, nichts Anderes. Außer vielleicht, dass sie so groß sind wie noch nie. Wenn schon die gesellige Silvesternacht ausfällt und auch das Neujahrsessen auf uns zwei Personen beschränkt bleibt, soll zumindest nicht bei den *Langostinos* gespart werden.

17

Die so genannte neue Normalität wollte und wollte ihr normales Gesicht nicht zeigen: Die vierte, fünfte, sechste Welle der Pandemie, die Schneemassen des Sturms *Filomena* (in Madrid), der Ausbruch des Vulkans (auf der Insel *La Palma*), der Krieg in der Ukraine und dann obendrein ein Sandsturm in der Sahara, der einen Dunst aus rötlichem Staub über die Stadt legte, setzten uns zu.

In meinem Bemühen um Normalität machte ich mich auf den morgendlichen Weg zum Yogakurs, der jetzt kein Yoga mehr war, da der Lehrer sich zurückgezogen hatte (ein weiteres Hindernis auf meinem Weg, so weiterzumachen, als ob alles ganz normal wäre). Jetzt war es Qi Gong. Ich hatte mich vor allem deshalb dafür entschieden, weil ich mich, wiederum im Namen der Normalität, an bestimmte Rituale klammerte: Der Kurs fand am selben Ort statt wie vorher das Yoga, in der *Calle de la Cabeza,* der Kopfstraße. Und so machte ich mich also auf den Weg zu dieser Straße.

Ein paar Tage zuvor hatte die Ave-Maria-Straße, die ich ein kurzes Stück entlanggehen muss, brandneuen Asphalt zur Schau gestellt. Um die alten Pflastersteine, die er ersetzte, zu imitieren, war ein Relief aus Kopfsteinpflaster in den schwarzen und noch weichen Asphalt eingedrückt worden. Doch an jenem Morgen bedeckte eine schmutzige, rotbraune Patina die schimmernde Schwärze und das kopfsteinpflasterartige Profil war voller Sandstaub. Der gleiche Staub bedeckte auch die geparkten Autos. Eines fiel mir schon von weitem auf. Es musste mehrere Tage dort gestanden haben, so lange wie die Saharawolke schon anhielt. Unmöglich, die ursprüngliche Farbe des Wagens zu erraten oder einen Blick durch die Fenster in das Innere des Wagens zu erhaschen! Während das Stadtviertel von *Lavapiés* unter dem rötlichen Dunstdeckel allmählich erwachte, näherte ich mich dem Auto, um es zu fotografieren, als Andenken an einen außergewöhnlichen Moment (hoffte ich). Zu diesem Zeitpunkt war kein Mensch unterwegs, die Straße wirkte wie ausgestorben. Nicht ein einziger Hundehalter, der sein Tierchen Gassi führte, war zu sehen. Dann sah ich die Aufschrift auf der Motorhaube. Jemand hatte mit seinem Finger eine Botschaft im Staub hinterlassen: DAS IST DAS ENDE DER WELT. UND IHR WISST ES!

An diesem braunen Morgen war die Aufschrift wider Erwarten der Grund, dass sich meine Lebensgeister ein wenig hoben: Das Foto hätte nicht besser werden können!

18

Die bereits mehrfach erwähnte *Calle de la Cabeza,* die Kopfstraße, verdankt ihren Namen übrigens einem Verbrechen, das sich Ende des 16. Jahrhunderts an diesem Ort ereignet hat. Die Tafel mit dem Namen der Straße zeigt einen Männerkopf auf einer silbernen Platte, links daneben ein Dolch und rechts ein bluttriefender Hammelkopf.

Die Legende erzählt, dass in dieser Straße ein wohlhabender Geistlicher lebte, der in einem etwas abgelegenen Haus ein ruhiges und zurückgezogenes Leben führte. Sein Diener, den er wohl nicht allzu gut belohnte und auch nicht allzu gut behandelte, schlich sich eines Nachts in das Schlafzimmer des Herrn, schnitt ihm den Kopf ab, nahm alles, was er tragen konnte, Gold, Silber, Geld und andere Wertsachen, an sich und flüchtete nach Portugal.

Das Verbrechen wurde erst einige Zeit später entdeckt, als ein Messner aus der Pfarrei *San Sebastian* in der nahe gelegenen Straße *Atocha* den Geistlichen aufsuchte, um seinen Dienst bei einer Beerdigung anzufordern. Als sich herausstellte, dass die Tür nicht abgeschlossen war und die Nachbarn den Geistlichen seit einigen Tagen nicht gesehen hatten, riefen sie den Sheriff – sagt der Übersetzer von Google. *Alguacil:* Sheriff, Büttel, Gerichtsdiener, Gerichtsvollzieher. Auf jeden Fall wurde die zweiteilige Leiche entdeckt, vom Diener fand sich keine Spur. Das Verbrechen war eine Zeit lang in aller Munde. Es blieb ungesühnt und wurde allmählich vergessen.

Jahre später kehrte der Diener nach Madrid zurück, nun ein wohlhabender Herr.

Eines Tages, als er durch den *Rastro* bummelte, der jetzt ein riesiger Flohmarkt ist, überfüllt von Touristen und Sonntagsausflüglern und Ständen mit Billigprodukten aus China (nicht nur!); bummelte er also Ende des 16. Jahrhunderts durch den *Rastro*, auf dem es damals anscheinend unter anderem Hammelfleisch zu kaufen gab. Auf alle Fälle, sagt die Legende, habe er Lust auf Hammelkopf verspürt und einen solchen gekauft. Da es noch keine Plastiktüten gab, wickelte er den Kopf in seinen Umhang. Alarmiert von der Blutspur, die er hinter sich zurück ließ, hielt ihn ein Sheriff, ein Büttel, ein Gerichtsdiener, wiederum ein *alguacil,* an und fragte, was er da mit sich trage.

»Was soll ich denn schon mit mir tragen?« sagte er. »Den Hammelkopf, den ich soeben gekauft habe.«

Groß war aber die Überraschung, als er feststellen musste, dass sich der Kopf seines früheren Herrn im Umhang befand, und so beeindruckt war er, dass er sofort alles gestand.

Er wurde verurteilt und auf der *Plaza Mayor* gehängt.

Die Legende erzählt, dass der Kopf des Geistlichen auf einer Silberplatte vor dem Mörder her zur Hinrichtungsstätte getragen wurde und dass er sich nach der Vollstreckung des Urteils wieder in einen Hammelkopf zurückverwandelt habe.

Damit der Fall nicht in Vergessenheit gerate, ließ der König Felipe III. eine steinerne Skulptur des Priesterkopfes an der Fassade des Hauses anbringen, was dem Ort, der Straße genauer gesagt, den Namen geben sollte: Kopfstraße, *Calle de la Cabeza*. Bald schon, sagt die Legende, baten die Anwohner darum, die Skulptur zu entfernen, weil sie Angst davor hatten, und versprachen im Gegenzug, eine Kapelle zu Ehren der *Virgen del Carmen* zu errichten. Und das taten sie auch.

19

Das Video auf YouTube zeigt eine junge Frau, deren Gesicht zwischen der weißen Maske und der bis über die Ohren heruntergezogenen Wollmütze kaum zu sehen ist.

Sie hält mit dick behandschuhten Händen ein Schild hoch, auf dem nichts steht. Es ist vollständig weiß. Es handelt sich nicht um ein großes Poster, nur ein DIN A3 großes Blatt Papier, mehr oder weniger. Und sie hebt es vor ihrer Brust nur bis auf die Höhe ihres Gesichts, bescheiden, kleinlaut, nichts Schreierisches. Die junge Frau ist von Menschen umgeben. Zwei stämmige Polizisten nähern sich, dicke schwarze Uniformjacken, Handschuhe und Mützen mit Ohrenklappen. Auf ihren breiten Rücken steht in großen Buchstaben geschrieben, was sie sind. Da es sich um kyrillische Buchstaben handelt, kann ich sie nicht lesen. Aber es besteht kein Zweifel daran, dass es sich um Polizisten oder etwas Ähnliches handelt: um jemanden, in dessen Macht es steht, Menschen mitzunehmen, die protestieren, wie dieses Mädchen, das ansonsten nichts anderes tut, als auf einem Platz zu stehen, der schön und sauber aussieht, und sich ein weißes Papier vor das Gesicht zu halten.

Die beiden stämmigen Männer, der eine mit einer schwarzen, der andere mit einer himmelblauen Gesichtsmaske, stellen sich neben sie, auf jede Seite einer, nehmen sie an den Ellbogen und führen sie sanft weg, die junge Frau mit kleinen Schritten, fast schwebend, und mit einem seltsamen Ausdruck in den Augen. Überraschung ist es nicht. Eher das Gegenteil. Etwas wie: Ah! Endlich seid ihr da. Mal sehen, was jetzt passiert. Mal sehen, was ihr mir vorwerfen wollt.

Stimmen sind zu hören. Es scheinen die Polizisten zu sein und dann das Mädchen, das etwas antwortet, und dann die Leute, die um das Mädchen und die zwei Polizisten herum stehen, die sich jetzt von der Kamera entfernen, von der ich annehme, dass es ein Mobiltelefon ist. Ein Sonnenstrahl schleicht sich in die Gegenlichtaufnahme.

Wie immer ist es der Kontext, der die Interpretation einer Szene, eines Textes oder eines Bildes steuert. Noch vor einigen Monaten wäre es unmöglich gewesen, den Inhalt der Nachricht auf diesem leeren Blatt Papier zu verstehen. Es könnte vieles gewesen sein. Die spontanste Assoziation jener Zeit wäre vielleicht gewesen: ein Protest gegen das Impfen. Jetzt, vor dem Hintergrund des schrecklichen Krieges in der Ukraine, vor dem Hintergrund der Verhaftungen in Russland anlässlich der geringsten Kritik am Krieg – schon nur beim Gebrauch des Wortes Krieg –, haben wir keinen Zweifel: Die Kälte, die Mützen der Polizisten und die kyrillischen Buchstaben grenzen mehr oder weniger einen geografischen Raum ein. Die Tatsache, dass das Mädchen abgeführt wird, bestätigt: Wir befinden uns in Russland.

Die junge Frau demonstriert nicht nur gegen den Krieg,

sondern auch gegen das Verbot, ihn zu erwähnen. Das leere Papier ist das reine Abbild des zensierten Inhalts.

Wir wissen nicht, ob die junge Frau mit der Ikone der Avantgardekunst *Weiß auf weiß* des Malers Kasimir Malewitsch vertraut ist. Er sei ein russischer Künstler, haben wir gelernt, aber ich habe soeben gelesen, dass er 1879 in Kiew geboren wurde. Werden wir die Kunstgeschichte korrigieren und ukrainischer Maler sagen müssen?

Wo sich das Mädchen jetzt wohl befindet?

20

Meine rekurrenten Versuche, ein Gefühl von Normalität herzustellen, zu definieren oder zu erfinden, führen zu merkwürdigen Erfahrungen. Dazu gehören auch die häufigen Besuche des in der Nachbarschaft gelegenen Marktes *Antón-Martín*. Sie liegen nur zum Teil in der Notwendigkeit der Lebensmittelbeschaffung begründet. Ein Supermarkt wie *Carrefour* oder *Lidl* oder *Mercadona* oder *Día* würden das auch gewährleisten. Aber was ist schon ein Gang durch einen dieser Supermärkte verglichen mit einem Besuch in der Markthalle, wo wir von

José oder Eva oder dem Mann im Laden ganz hinten bedient werden! Wir kennen seinen Namen nicht und nennen ihn so: der Mann im Laden ganz hinten. Aber wir wissen genau, wen wir meinen. Und wenn wir über die verschiedenen Marktstände sprechen und darüber, wo wir dieses oder jenes gekauft haben, sagen wir: beim Mann. Und wir verstehen uns.

»Der Mann« ist ein ruhiger, freundlicher Mann in den Fünfzigern. Er hat keine auffälligen Eigenschaften, abgesehen von seiner blauen Schürze, die immer die gleiche ist. Was ihn kennzeichnet, ist die Tatsache, dass er Tag für Tag an seinem Marktstand steht und sich geduldig um die Kunden kümmert, die nicht sehr zahlreich, aber ebenso beständig sind wie er. Er verkauft Käse und Wurstwaren, Öl, Reis, Mehl, Hülsenfrüchte in großen Mengen, gesalzenen Kabeljau, Konserven, Milch usw. Sein Laden ist das, was mein Mann einen Kolonialwarenladen nennt, und liegt direkt gegenüber der Pizzeria, in der Johnny den besten Kaffee des Viertels zubereitet: authentisch italienisch, der Kaffee, die Maschine und Johnny, trotz seines Namens, der nicht englischen Ursprungs ist, sondern eine Abwandlung von Jonathan, wie er mir erklärt.

Ich liebe es, mitten am Morgen an einem kleinen Tisch im Gang des Marktes zu sitzen und zu beobachten, wie der

Mann hinter der Theke seines Kolonialwarenladens gegenüber den Schinken schneidet oder Kichererbsen abwiegt. Damit war ich gerade beschäftigt, als ich am Nebentisch ein paar Männer reden hörte:

… immer an seinem Platz, niemand kann ihn von diesem Platz verdrängen.

Hast du gesehen, wie er auf…?

… ist er tadellos präzis.

Das waren Fragmente, die ich aufschnappte, und ich nahm den typischen Singsang ihrer Sprache wahr. Es waren Argentinier, daran bestand kein Zweifel.

Du weißt, was ich meine, er ist kein *Bailaor*, nicht einfach ein Tänzer, er ist ein Meister!

Die Argentinier schienen Kenner des Flamenco-Tanzes zu sein. Ich drehte leicht meinen Kopf und versuchte, aus den Augenwinkeln einen Blick auf sie zu erhaschen. Es waren drei. Der Jüngste war ein sehr gut aussehender Mann, schlanke Figur, schwarze Augen, schulterlanges schwarzes Haar, makellose Gesichtshaut. Die beiden anderen waren älter, mit Zügen, die eher an *Gauchos* erinnerten, ich meine, ländlicher, verbrauchter, und ihre Körper waren schon ein wenig aus der Form der Perfektion herausgefallen. Der junge Mann gab den Ton an. Er musste Flamencotänzer sein, schloss ich. Obwohl die beiden anderen gut mithielten. Vielleicht waren es ehemalige *Bailaores*.

Im Obergeschoss des Marktes befindet sich eine Flamenco-Tanzschule. Die drei grüßten die jungen Frauen, die die Treppe Richtung Ausgang herunterkamen, wie alte Freunde.

Während ich meine Tasse austrank, durchströmte mich ein Glücksgefühl: Was für ein Genuss, hier zu sitzen und den Argentiniern zuzuhören, die über die Kunst des Flamencos fachsimpelten, während der Mann gegenüber die Maschine anstellte, um Wurst zu schneiden! Wenn es darum ginge, eine Normalität zu erfinden, würde ich im Moment zu dieser tendieren.

21

Summer in the City
Der Sommer ist vorbei. Es war kein netter Sommer. Heiß, trocken, eintönig. Die Stadt lag bewegungslos, so weit sie reichte, unter ihrem staubigen Deckel. Die umliegenden Hügel, Felder und ausgedorrten Wiesen, die Wege,

Straßen und Autobahnringe: Alles duckte sich unter der gleißenden Sonne.

Vögel hörte man nur in der Morgendämmerung. Die Katzen und Straßenköter verkrochen sich wenn immer möglich im Schatten, die Menschen in ihren Häusern, Wohnungen oder unter den Brücken. Vom Fluss blieb nur ein träg rinnender Lauf.

Wir atmeten in der kühlen Luft der Klimaanlagen auf, entspannten uns unter einer kalten Dusche. Glücklich, wer es sich leisten konnte. Wir lagen spät nachts Schweiß gebadet im Bett, nicht allen war der Schlaf gegeben.

Früh am Morgen ließ es sich leben, in unserer Stadt. Kleine Augenblicke des Glücks, wenn die Sprühanlagen im Park Wasser ausströmten und an den Sträuchern glitzernde Tropfen baumelten, wenn ein Lufthauch durch die Zweige und über den Körper strich, wenn die ersten Sonnenstrahlen ihren Weg ins tiefste Innere des Parks fanden und Blätter und Schatten verspielt auf und ab wippten.

Wir richteten unseren Weg zurück ins Haus nach dem Stand der Schatten, einmal der Gehsteig rechts, nach der Kurve Seitenwechsel, sonnige Abschnitte überquerten wir im Eilschritt. Ein Glückspilz, wer nach zwölf nicht mehr aus dem Haus musste!

Ein viertägiger, fluchtartiger Ausflug an den Strand veranlasste mich bloß zu den Zeilen:

Summer on the Beach
Die Schirme stehen dicht an dicht, die Wellen rollen unaufhörlich auf den heißen Sand, auf ihren Rücken spiegeln sich Flammen. Wasser wie in der Badewanne.

Andalusische Improvisationen

1

Alle zwei Minuten ein Satz

20 Uhr!
Wie man doch ein Lüftchen schätzen kann!
Um sich zu langweilen, ist es viel zu heiß, aber tun kann man auch nichts.
Schweiß in den Augen, keine Tränen.
Ach, Großbuchstaben sind so anstrengend.
Eine fingerbewegung zusätzlich!
Auch die schwalben fliegen erst jetzt.

Was dann?

Wenn die Zeit stillsteht und die Stunden sich füllen wie Gruben, in denen das Wasser steigt
Wenn die Sonne stillsteht und die Luft erhitzt wie das Innere eines Schmelztiegels
Wenn die Minuten über den Terrassen flimmern
Und die Zikaden am Hang lärmen
Und die Kirchglocke ohne ersichtlichen Grund bimmelt
Wenn der Ventilator brummt wie ein tief fliegender Doppeldecker
über dem Gebirge hinter dem Dorf.
Dann, ja, was dann?

Dann steht mir das Wasser bis zum Hals
Dann schmelze ich im Schatten
Von Minute zu Minute
Im Takt des Glockengebimmels
Vor dem Ventilator
Tränen in den Augen
Ohne ersichtlichen Grund.

2

Das Gesetz des Lebens
Jetzt, wo die Sonne untergeht, zeigt sich das Gesetz des Lebens mehr denn je:
Die Schwalben stürzen sich auf die Mücken, um sie zu fressen, die Mücken stürzen sich auf mich, um mich zu fressen, und ich werde mich in Kürze auf ein Spiegelei stürzen.

3

Die *Ventas*, deren Existenz in Spanien seit dem Mittelalter belegt ist, liegen fast immer isoliert an den Kreuzungen von Königswegen und Pässen. Sie weisen alle eine ähnliche Struktur auf: ein großes, für Kutschen zugängliches Tor, Ställe für die Maultiere und Pferde, Heuschober für die Unterbringung der Maultiertreiber und sehr einfache Räume für Kaufleute, Händler und sonstige Reisende. Im Erdgeschoss befinden sich meist eine große Küche, ein Esszimmer, ein oder mehrere gepflasterte Innenhöfe mit Brunnen und Tränken und eine Treppe, die zur Galerie und zum Obergeschoss mit anderen Räumen wie Vorratskammern führt.

Die *Ventas* sind in literarischen Werken belegt und beschrieben, und auch die heute noch auffindbaren Ruinen zeugen von ihrer Beschaffenheit. Zu finden sind sie unter anderem in Cervantes' *Don Quijote* und in den Bergen hinter dem Dorf Frigiliana. In der Übersetzung von Susanne Lange wird das, was Cervantes eine *Venta* nennt, als »Schenke« bezeichnet. Es soll also hier von den Schenken in den Bergen hinter Frigiliana die Rede sein.

Sie sind bescheidener als ihre Pendants an den großen Königswegen. Der Pass von Frigiliana, der von der Küste ins Innere nach Granada führt, ist ein schmaler, steiler Weg, nur zu Fuß und mit Maultieren begehbar. Heute nutzen ihn die Wanderer und Bergsteiger. Bis in die sechziger Jahre überquerten die Maultiertreiber den Pass von Frigiliana, um Fisch ins Landesinnere nach Granada zu bringen, und führten auf dem Rückweg Holz, Esparto-Gras und gebrannten Kalk aus den Bergen an die Mittelmeer-Küste. In den Schenken am Weg fanden sie Rast, etwas zu essen und zu trinken. Als die Landstraße von Motril nach Granada gebaut war, verlor der Passweg seine Bedeutung und die Wanderer müssen heute durstig an den sagenumrankten Ruinen mit ihren klingenden Namen vorbeiziehen: *Venta de Cebollero*, *Venta del Imán*, ...

Neulich, nach einer Wanderung mit meiner Freundin Tsukiko, die uns an der Ruine der *Venta de Cebolleros* vorbeiführte, machten wir anschließend mit dem Auto einen Abstecher zu einer anderen Schenke im nahe gelegenen Dorf Acebuchal. Wir wussten, es war keine Ruine, im Gegenteil, die Schenke, in dem Fall ein Restaurant, ist bekannt für seine ausgezeichnete Küche. Aber es war entgegen unserer Erwartungen geschlossen. Wir mussten unverrichteter Dinge, also hungrig und durstig, weiter ziehen. Entschädigt wurde ich durch eine unerwartete Begegnung mit dem wunderbaren Ausdruck »una mijilla«. Das Wort trägt den Klang, den Geschmack und die Farben Andalusiens in sich. »Mijilla« wird dort mit einem weichen, aspirierten h ausgesprochen: »mihilla« und nicht mit der hässlichen, fast gutturalen Reibung des kastilischen j: »michilla« Der Wortklang, zusammen mit seiner Bedeutung, hat die Gabe, der Schilderung eines Sachverhalts jegliche Dramatik und jegliche Übertreibung zu nehmen. Ich lernte den Ausdruck durch Adolfo kennen, in einem seiner unschlagbaren Witze, die er uns zu erzählen pflegte. Und genau dieser Witz kam mir am Tag des Ausflugs vor dem geschlossenen Restaurant der Acebuchal in den Sinn.

Er handelt von drei Ausländern, einem Engländer, einem

Deutschen und einem Franzosen, die während einer Kutschenfahrt durch die Stadt Sevilla versuchen, sich im Aufschneiden zu übertreffen. Wir kennen diese Witze: Jeder glorifiziert die Tugenden seines Landes. In diesem Fall geht es um architektonische Prunkbauten. Ich weiß nicht mehr, was der Engländer und der Deutsche ins Feld führen. Der Franzose prahlt selbstverständlich mit dem Eiffelturm. Und wenn z.B. die Engländer drei Monate für den Bau des Buckingham Palastes gebraucht haben (nach Ansicht des Engländers) und die Deutschen zwei Monate für den Bau des Reichspalastes in Berlin (nach Ansicht des Deutschen), so haben die Franzosen den Eiffelturm in nur einem Monat hingestellt. In dem Moment fährt die Kutsche an der Kathedrale von Sevilla vorbei und die drei Männer fragen den Kutscher, was das sei. Er betrachtet das prächtige gotische Gebäude und antwortet über seine Schulter nach hinten: Keine Ahnung! Ich bin heute Morgen hier vorbeigefahren und habe einen Maurer mit einer Schubkarre, etwas Sand und ein wenig Zement gesehen.
»Una mijilla« war der Ausdruck, den er für »ein wenig« verwendete, »una mijilla de mezcla«.
Das ist natürlich eine farblose Zusammenfassung des Witzes, verglichen mit der Art und Weise, wie Adolfo ihn erzählte, mit seinen theatralischen Fähigkeiten und dem

Lokalkolorit seines Akzents. Aber warum erinnerte ich mich im Dorf Acebuchal an diesen Witz (und an Adolfo)? Nun, als Tsukiko und ich hungrig und durstig vor dem geschlossenen Restaurant standen, lehnte sich ein Mann, offenbar der Gastwirt, aus dem Fenster im ersten Stock und und erklärte uns, dass sie in diesen Räumen vor ein paar Tagen Geburtstag gefeiert hätten. Da habe es anscheinend ein paar Viren gegeben und jetzt stünden sie bis nächsten Sonntag unter Quarantäne. »Una mihilla de virus«, sagte er, »ein kleines bisschen Viren«.

Geschlossen wurden das Restaurant und zwei Klassen der Dorfschule, wie wir später erfuhren, wegen dieser Geburtstagsparty und ein paar Viren. Alle in Quarantäne, einschließlich der Familien der Schüler. Da wurde mir klar, weshalb ich meine Freundin Ana und ihre Kinder in dem Urlaub nirgends angetroffen hatte.

4

Victoria erkannte mich auf den ersten Blick, trotz Gesichtsmaske, und strahlte mich freudig an, dann wechselte ihr Ausdruck, sie führte die Hand erschrocken vor den nackten Mund, drehte sich abrupt um und machte Anstalten, die enge, steile Treppe hoch ins Obergeschoss zu hasten. Dabei bemerkte ich, dass sie auch schon besser auf den Beinen gewesen war. Lass doch!, rief ich hinterher und fügte diverse Argumente an wie Türe steht ja offen, ich selber trage die Maske usw., die sie nicht mehr hörte. Die Tochter hinter dem Tresen des Dorfladens, wo vor vielen Jahren die Mutter gestanden hatte, lachte schulterzuckend. Kurz darauf kam die Frau wieder die Treppe herunter, abwärts ging es trotz der hohen Stufen erstaunlich wendig, und nun waren Mund und Nase bedeckt. Sie stellte sich vor mich hin und hielt mir etwas ganz nah vor die Augen. Zwischen Daumen und Zeigefinger gepresst sah ich ein kleines, bräunliches Ding. ¡*Abre la boca!* Es war nicht schwer zu erraten, dass sie mir dieses kleine Etwas höchst persönlich in den Mund zu stecken gedachte. Erst schreckte ich einen Schritt zurück, dann sagte ich: Die Gesichtsmaske hast du übergezogen, aber hast du dir auch die Hände mit Gel desinfiziert?, und es sollte wie ein Scherz klingen. Ich wusste, dieses süße, klebrige Ding musste ich mir in den Mund stecken lassen. Also Maske hoch und Mund auf. Sie schaute mich über den Maskenrand hin erwartungsvoll an. Weißt du, was das ist?, und obwohl ich nickte, fügte sie hinzu: Eine Spezialität von hier: *Arropía*. Hast du das schon mal gekostet? Ich erinnerte mich: Aus Zuckerrohr-Honig, nicht wahr? Sie erklärte mir stolz, wie sie die Melasse zum Eindicken gekocht und stundenlang gerührt habe. Und die

Hände habe ich mir zuvor gewaschen und gegelt! Unterdessen lutschte ich das wohlschmeckende Bonbon, das immer wieder an den Zähnen kleben bleiben wollte, und beobachtete dabei, was für seltsame Dinge mir durch den Kopf gingen. Ich beruhigte mich angesichts des Übergriffs in meine orale Privatsphäre mit der Tatsache, dass ich geimpft war und es mir erlauben konnte, einer alten Bekannten aus dem Dorf eine Freude zu machen. Außerdem stellte ich mir lebhaft vor, wie sich eine Begegnung zwischen dem Melassebonbon und den Viren abspielen würde: Ich sah die Eiweißstacheln der grünen Biester, mit denen sie in unsere Zellen eindringen, um uns ihr genetisches Material aufzudrängen, und wie diese Stacheln samt Viren von der Melasse verklebt und in ein unförmiges Konglomerat verwandelt werden, unfähig, sich in meinem Körper zu entfalten und in meine Zellen einzudringen. Genussvoll nuckelte ich an dem Bonbon und staunte: Was eine kleine Geste heutzutage alles auslösen kann!

»Heutzutage« bezieht sich natürlich auf damals, als Spanien bereits einmal durchgeimpft worden war, zumindest die älteren Generationen, die Maskenpflicht aber noch flächendeckend Geltung hatte und das Thema *Covid* noch längst nicht vom Tisch war. Immerhin war das

Vorher-Nachher-Muster verschwunden!

5

Ich bin der Meinung, dass es die UFOs nicht gibt. Zumindest nicht in der Form, wie sie im Film, der Literatur oder in abenteuerlichen pseudowissenschaftlichen Theorien vorkommen: bemannt mit Marsmenschen oder seltsamen Wesen anderer Herkunft und anderer Intelligenz, auf Entdeckungsreise oder unterwegs zur Eroberung unseres Planeten.

Umso überraschter war ich, als ich kürzlich eins sah: ein UFO, etwas Fliegendes und für mich in jeder Hinsicht Rätselhaftes, nicht Identifizierbares. So rätselhaft magisch, dass ich mich herausgefordert fühlte, Worte für die Erscheinung zu finden.

Das Ding kam von Malaga her über die Hügel geflogen, als ich auf der Dachterrasse saß und in die Sterne schaute. Zuerst dachte ich, es sei ein Flugzeug, wie sie oft am nächtlichen Himmel zu sehen sind. Dieselbe Geschwindigkeit, nämlich langsam: Die Flugzeuge nehmen sich Zeit, bis sie den Himmel durchquert haben und hinter dem höchsten Berg über dem Dorf verschwinden. Dieselbe Lautlosigkeit: Oft höre ich das ferne Surren der Motoren erst, wenn das Flugzeug schon fast vorbei ist.

Mein zweiter Gedanke war: Seltsam, das Flugzeug beleuchtet seine eigene Spur am nächtlichen Himmel. Kann es sein, dass es die Scheinwerfer nach hinten richtet? Und wozu? Zu sehen war nämlich ein längliches, leuchtendes Etwas: wie ein Zug, der in der Ferne die nächtliche Landschaft durchquert, eine Lokomotive an der Spitze zahlreicher Wagen, die in der Dunkelheit bloß zu ahnen sind, deren Fensterchen aber in die Nacht hinaus leuchten wie eine Reihe kleiner, oszillierender Perlen. Der Zug schwebte oben am Himmel. Langsam und in absoluter Stille bewegte er sich über mir dem Berg zu. Bis er dahinter verschwand, konnte ich den Blick nicht abwenden von diesem rätselhaften, irgendwie majestätischen, in keiner Weise identifizierbaren Objekt.

Nachdem ich diese Worte für die Erscheinung gefunden hatte, veröffentlichte ich sie gleich auf *Facebook* und fügte dem Geschriebenen den Satz hinzu: Für sachdienliche Hinweise zur Identifizierung dieses schwebenden, himmlischen Nachtzuges bin ich dankbar.

Am nächsten Morgen schon war die Sache geklärt: Statt eines Kommentars schickte José Luís, informiert und pragmatisch wie immer, den Link zu einem Artikel aus einem Lokalblatt Malagas:

»Eine Lichterkette am Himmel Malagas.

Das ist die Erklärung: Es handelt sich um eine Reihe von 52 Satelliten *Starlink,* die am Samstag von Florida aus gestartet wurden usw.«

Schade, dachte ich. Der himmlische Nachtzug hat mir besser gefallen. Hätte ich doch den letzten Satz weggelassen!

Die fehlende Erklärung hatte mich keineswegs gestört. Im Gegenteil. Manchmal stören sie, die Erklärungen.

6

Wie damals, als eine Fotokopiermaschine sich einen Scherz mit mir erlaubte.

Ich hatte eine Vorlage auf den Einzug gelegt und den Befehl eingegeben: 10mal einseitig. Die Maschine begann zu arbeiten und heraus kamen zehn Blätter, einseitig bedruckt und – hellgrün.

Da hat mal wieder ein Kollege farbig kopiert und den Rest der Blätter nicht aus dem Fach genommen, dachte ich und zog die A4-Schublade heraus: alles weiß. Die andere: ebenso. Dann öffnete ich alle Schubladen, sogar das A3-Fach: alles weiß, kein einziges hellgrünes Blatt.

Noch hatte ich eine etwas aufwendigere Aufgabe zu lösen: 20 mal je drei Seiten, geheftet. Die Maschine begann zu arbeiten, ich betrachtete immer noch nachdenklich die zehn hellgrünen Seiten. Eigentlich eine hübsche Farbe, gerade jetzt, in den letzten Tagen vor den Sommerferien, dachte ich. Dann ein Blick auf die herausschießenden Hefte: Hellgrün! Die Maschine hatte Humor. Oder war sie eigensinnig? Egal, die Hefte waren grün. Damit konnte ich leben. Die Schüler würden sich auch freuen. Total 60 Seiten einseitig bedruckt, geheftet, ja sogar gelocht, kamen aus der Maschine. Samt und sonder hellgrün.

Jetzt begann die Maschine mich allmählich zu interessieren. Wieder öffnete ich alle Schubladenfächer. Alles, was sich öffnen ließ, öffnete ich. Die Kopiermaschine sah schon fast wie ein UFO aus, mit ihren zahlreichen Fächern, die wie Flügelchen oder Antennen, Radare oder Sonnenpaneele herausstanden. Ich schaute auch im manuellen Einzug nach, könnte ja sein, dass ein Kollege dort einen ansehnlichen hellgrünen Stapel deponiert hatte. Nichts. Kein Grün, nirgends.

Noch eine Kopie musste ich machen, nur eine Seite, nur einmal. Also klappte ich alle Türen zu. Die Vorlage wurde eingezogen, heraus kam – eine hellgrüne Kopie. Ja, diese Maschine gefiel mir definitiv. Vielleicht mochte sie mich ja und ermunterte mich in diesen letzten Schultagen mit einer schönen Farbe und mit dem bisschen Magie, das fehlenden Erklärungen anhaftet.

Ich packte meinen Stapel hellgrüner Blätter und stürzte

ins Lehrerzimmer, wo ich meinen zwei arbeitenden Kollegen brühwarm die Geschichte auftischte. Eugen, der sich gerade auf den Heimweg machte, wollte unbedingt im Kopierzimmer vorbei und selber ausprobieren. »Bin gespannt, welche Farbe sie dir gönnt!«, rief ich ihm nach, die Maschine hatte mich in aufgeräumte Stimmung versetzt. Drei Minuten später stand er wieder da: mit einer hellgrünen Kopie. Nun wollte auch Monika es wissen. Sie musste sowieso noch mehrere Klassensätze durchlassen. »Und wenn bei dir jetzt weiß kommt? Bist du dann beleidigt?«, foppten wir hinterher.

Sie kam zurück und scherzte: »Auch ich habe hellgrün bekommen!« Aber dann entzauberte sie die Welt mit einem Satz und klärte uns auf: Das grüne Papier hatte im großen Papierhauptspeicher gesteckt, im tiefsten Inneren der Maschine, in einem Fach, das nicht angeschrieben war und das wir Normalverbraucher nie öffneten. Und sie fügte hinzu, jetzt ein Musterbeispiel von Kompetenz und Effizienz in Person: »Ich habe es entfernt und die Maschine kopiert wieder ganz normal.«

Schade! Wie es da hineingekommen war, wollte ich lieber nicht fragen.

7

Wenn ich schreibe, kommt es manchmal auf deutsch, manchmal auf spanisch. Ich unterlasse es in der Regel, das vorher zu entscheiden, nach dem Motto: Komme, was da wolle. Manchmal beginne ich in einer der beiden Sprachen und merke nach zwei, drei Sätzen, dass es die andere sein muss. Und kürzlich habe ich entdeckt, dass die Wahl der Sprache in meinem Fall nichts mit der Vorstellung eines Zielpublikums zu tun hat, sondern mit dem Kontext. Ich will versuchen, es an einem Beispiel zu demonstrieren.

Ich begann, die Geschichte unserer Jasmin-Pflanze zu erzählen, auf deutsch. Immerhin ist das meine Muttersprache und hat ein gewisses Vorrecht.

Im ersten Satz sollte von einem *cortijo* die Rede sein. Jeder in Frigiliana weiß, was das ist. Fast jede Familie hat selber eins (einen?). Wie kann ich das auf deutsch benennen, ohne falsche Vorstellungen zu wecken? Landhaus? Bauernhof? Auf keinen Fall. Ich müsste die Sache erklären, mich über *cortijos* auslassen, *cortijos* hier in der Axarquía, *cortijos* dort in Jaen, wo es nicht denselben Sachverhalt bezeichnet, usw., was aber vom Thema des Artikels, der Geschichte des Jasmins, wegführen würde. So wie es mich jetzt von meinem Gedankengang wegführen würde, wenn ich erklärte, was die Axarquía ist (ein Gebirge) und wo Frigiliana und Jaen liegen (in Andalusien).

Im fünften Satz dann sollte das, was in Frigiliana *El Ingenio* genannt wird, beiläufig erwähnt werden. Und wieder: hier im Dorf eine Selbstverständlichkeit. Hier und an der Costa del Sol und im gesamten zentralamerikanischen Raum, überall, wo es Zuckerrohr gibt, wo dieses industriell verarbeitet und wo spanisch gesprochen wird. Auf deutsch könnte ich das Gebäude Zuckerrohrmühle nennen.

Nun wird im *Ingenio* von Frigiliana aber das Zuckerrohr schon lange nicht mehr gemahlen, sondern als Konzentrat aus Zentralamerika importiert und zu Melasse verarbeitet. Die großen Zuckerrohrplantagen sind schon lange den Avocado- und Mangoplantagen zum Opfer gefallen. Und in den letzten Jahren sind auch die riesigen Holzhaufen um den *Ingenio* herum verschwunden, Brennholz, um die großen Kessel zu erhitzen, in denen die Melasse gekocht wurde, bevor man sie in die zum Verkauf bestimmten Glasbehälter abfüllte. Jetzt wird nur noch abgefüllt, etikettiert und geliefert. Nenne ich also das große, stattliche Gebäude, im 17.Jh. ein gräflicher Palast und seit 1725 ein – ja eben, was? Eine Melassefabrik? Wie hässlich. Außerdem, was stellt sich ein Schweizer

oder ein Deutscher darunter vor? Wohl kaum einen gräflichen Palast, etwas heruntergekommen, aber mit enormen Räumen voller frühindustrieller Maschinenanlagen. Und wenn ich das alles erklären muss, wie soll ich dann je die Geschichte des Jasmins erzählen?
Deshalb wechselte ich zum Spanischen. Was der automatische Übersetzer mit meiner Geschichte anstellen würde, wollte ich lieber nicht wissen. Immerhin kamen keine *Colas* respektive Schwänze darin vor.

Die *Geschichte des Jasmins* übersetzte ich später selber und machte mir einen Spaß daraus, an solchen Übersetzungsproblemen herumzutüfteln und mich wie eine Figur aus dem Film *Lost in Translation* ein wenig zu verlaufen.

8

Unser erster Jasmin kam aus dem Landhaus von Adolfos Mutter. Sie, Concha, war unsere Nachbarin, er, der Sohn, ein sehr guter Freund, der beste Witze-Erzähler, den wir kennen, und wir kennen ihn schon lange, seit er nämlich bei der Renovation unseres kleinen Hauses Ende der achtziger Jahre als Elektriker gearbeitet hat.

Damals war Frigiliana ein kleines, ruhiges, weißes Bergdörfchen, über dem Meer am ersten Hang des Axarquia-Gebirges gelegen. Das Rauschen des Wassers in den Bewässerungskanälen und das Geklapper der Maultiere, die geduldig ihre Lasten über die Stufen des Dorfes hinauf- und hinuntertrugen, bildeten die Geräuschkulisse, alle halben Stunden vom Glockenschlag der Kirchturmuhr und noch viel unregelmäßiger vom heftigen Lärm eines oder mehrerer Motorräder unterbrochen, mit denen die Jungs ihre Wettrennen durch die einzige Straße des Dorfes veranstalteten.

Diese trägt auf dem Abschnitt vom Eingang in den alten Dorfteil, wo sich groß das Gebäude der ehemaligen Zuckerrohrmühle erhebt, bis zur Kirche den stolzen Namen *Calle Real*, Königsstraße, und wird auf der Strecke von der Kirche hinunter zur Motorradwerkstatt der Familie Cobos am hinteren Ortsausgang bescheiden *Chorruelo* genannt, was so viel wie Rinnsal heißt. Unser Haus liegt im *Chorruelo*, Name, den wir nach den ersten sintflutartigen Regenfällen als ziemliche Untertreibung ansehen mussten.

Jasmin der Erste ist ein Sohn des großen Jasminstrauchs, der die Veranda von Conchas Landhäuschen schmückte, ein bescheidenes *Cortijo*, bescheiden wie alle Landhäuschen damals im Umkreis von Frigiliana, eher Geräteschuppen oder Unterschlüpfe, denn Landhäuser; Bauernhöfe schon gar nicht. Später, im Lauf der Neunziger- und Nullerjahre, wurden viele zu luxuriösen Ferienhäusern mit Swimmingpool, Spülmaschine, Mikrowelle, Fernsehapparat usw. umgebaut und sind nun eine lukrative Einnahmequelle.

Conchas *Cortijo* beherbergte einen großen Raum, der gleichzeitig als Küche, Ess- und Schlafzimmer diente. Für weitere Grundbedürfnisse gab es die umliegende Landschaft. Ihr Sohn, Adolfo, hatte eine Außendusche eingerichtet, direkt neben dem Jasmin, der vom Boden aus an einem Pfeiler der schattigen Veranda hochkletterte. Es war ein Luxus, dort zu duschen, im Duft der Jasminblüten, unter dem immer blauen Himmel. Wir liebten diese Pflanze, baten Adolfo um einen Steckling und erhielten einen fast schon ausgewachsenen Strauch. Wir kauften einen großen, antiken Keramiktopf und stellten ihn auf die Stufe der Eingangstür. Der Jasmin wurde von den Nachbarinnen des *Chorruelo* alsbald adoptiert. Wenn wir nicht da waren (was die meiste Zeit des Jahres der Fall war), gossen sie ihn, entfernten die trockenen Blätter und gingen den Blattläusen zu Leib. Wir hörten immer wieder die gleichen Diskussionen zwischen den Nachbarinnen vor dem Haus, María la Bicoca mit ihrer schrillen Stimme allen voran: Dieser Jasmin braucht Wasser! Warum gießt ihr ihn denn nicht? Gefolgt von der üblichen Antwort des Chors der Nachbarinnen: Lass sein, Maria, dem Jasmin geht's gut!

Bei so viel Zuneigung ging es Jasmin dem Ersten tatsächlich blendend. Er wuchs, bis er ins Badezimmerfenster lugte und uns den Vorhang ersetzte. Es war ein Genuss, durch die Blätter und Blüten auf die Straße zu gucken, während wir duschten und den süßen Duft einatmeten.

Jasmin der Erste wuchs weiter an der Fassade empor, erreichte den ersten Stock und bereitete uns während mehrerer Jahre viel Freude, viele Blumen, viel Parfüm und viel Anlass zu Gesprächen mit den Nachbarinnen. Denn er hatte auch seine Krisen. Er wollte nicht mehr blühen oder wachsen oder die Blätter welkten und es mussten verschiedene Meinungen abgewogen und entsprechende Maßnahmen ergriffen werden. Aber er erholte sich immer wieder.

Doch eines Tages, es hätte nicht mehr lange gedauert und er wäre beim Schlafzimmerfenster im zweiten Stock angelangt, kam ein Lastwagen den schmalen *Chorruelo* herunter, zerbrach den große Topf und riss die Pflanze mit sich auf die Straße. Die Nachbarinnen versuchten zu retten, was zu retten war. Wir waren leider gerade wieder einmal nicht vor Ort, aber ich stelle mir ihren aufgeregten Singsang lebhaft vor. Sie organisierten einen behelfsmäßigen Topf, eine große Blechdose, entfernten die beschädigten Zweige und hätschelten, was von der Pflanze übrig war. Noch in derselben Nacht verschwand sie. Sie wurde gestohlen und wir hatten keinen Jasmin mehr.

Jahre später folgte ein Jasmin der Zweite und kürzlich bekamen wir den dritten geschenkt. Aber die Geschichte des zweiten ist sehr viel kürzer und weniger erzählenswert und die des dritten hat eben erst angefangen und es ist nicht abzusehen, ob es eine Geschichte geben wird.

9

In der Regel prahle ich nicht mit meinen Leistungen und Erfolgen. Dass es mit den Jahren immer weniger zu verbuchen gibt, spielt wohl auch eine Rolle. Ab und zu aber mache ich eine Ausnahme.
Vier Jahre lang hatte ich vergeblich versucht, wieder einmal auf den Gipfel unseres Hausberges zu gelangen. *El Fuerte* ist sein Name. *Fuerte*, als Adjektiv gebraucht, heißt stark. *Fuerte*, als Substantiv gebraucht, bezeichnet eine

Burg, deren Funktion es ist, möglichst uneinnehmbar zu sein. Und das war dieser Berg in den letzten Jahren für mich. Früher war es eine anstrengende Wanderung gewesen, die wir aber öfter unternahmen. Vor Sonnenaufgang weg und vor dem Mittagessen zurück, um der heißesten Tageszeit aus dem Weg zu gehen.

Jeden Tag kann ich den Berg von der Dachterrasse aus sehen und jedes Mal habe ich mich in den letzten Jahren gefragt, ob ich es wohl verpasst hatte, meinen letzten Aufstieg als solchen wahrzunehmen. Ich konnte mich auch nicht erinnern, wann und mit wem ich zum letzten Mal oben war. An die beiden Male hingegen, wo ich es nicht geschafft hatte, erinnerte ich mich ganz genau, an die Stelle, wo ich jeweils aufgegeben hatte, an die genaueren Umstände und an meine Rechtfertigungen (mir gegenüber).

Und plötzlich war der Tag da, an dem ich es schaffte. Wider jede Erwartung. In angenehmer Begleitung, stellenweise sogar plaudernd und lachend. Der Aufstieg ging überraschend einfach über die Bühne, beim Abstieg ist mir allerdings das Lachen vergangen: steil, voller Geröll und unter der sengenden Sonne. Da hätte ich gern aufgegeben, was leider nicht möglich war.

Ich glaube, eine meiner hängigen Lebensaufgaben kann ich abhaken. Den Berg schau ich mir in Zukunft von der Terrasse aus gelassen an.

Vom Lesen und Vergessen

1

Dauernd suche ich meine Brille! – Das geht mir auch so, werde ich sofort beruhigt.

Manchmal sogar, wenn ich sie auf dem Kopf trage. – Ein Klassiker!

Ja, aber heute habe ich alle Rekorde geschlagen: Ich suchte meine Brillen in der ganzen Wohnung. Ich suchte und suchte. Plötzlich kam mir die rettende Idee: Ich könnte vom Haustelefon aus mein Handy anrufen. Dann klingelt es und ich weiß, wo es ist. Gedacht, getan. Aufmerksam hörte ich in die Wohnung. Und schon klingelte es. Genau vor meiner Nase. Das Handy lag auf dem Schreibtisch, wie immer. Kann doch nicht sein, dass ich es nicht gesehen habe. Und erst jetzt erinnerte ich mich, dass ich die Brille suchte und nicht das Handy. (Das ich auch oft suche.)

Das war am Morgen früh. Gegen Abend war die Brille noch nicht aufgetaucht. Ich hatte überall gesucht. Angesichts meines Zustandes sogar im Kühlschrank.

Warum sagst du jetzt nichts?

2

Ich bin eine passable Leserin und ich kann behaupten, dass ich mich mit der Zeit verbessert habe. Als Kind habe ich Bücher verschlungen. Jeden Mittwoch Nachmittag nahm ich zwei oder drei Romane aus der Schulbibliothek mit und brachte sie in der folgenden Woche zurück. Allesamt gelesen! Ich tauchte ein, verschlang sie, und wenn ich zum Ende kam (das glücklich sein musste), überließ ich sie dem Vergessen.
Diese Einstellung zum Lesen hielt, um ehrlich zu sein, noch lange nach meiner Schulzeit an. Ich weiß nicht, wie sie sich praktisch in ihr Gegenteil verwandeln konnte. Nun kann ich Romane, die man verschlingen muss, weil sie einen nicht zur Ruhe kommen lassen, nicht ausstehen. Sie erzeugen eine so große Neugier auf das Ende – Span-

nung, nennt man es –, dass man das Buch nicht einfach schließen kann, um später in Ruhe weiterzulesen. In diesem Wettlauf zu den letzten Seiten ist jedes Hindernis lästig, sei es eine ausgedehnte Beschreibung, eine eingeschobene Reflexion, eine nicht alltägliche Sprache; alles stört.

Die Lektüre eines Autors der deutschen Romantik, Jean Paul, hat meinen Prozess zweifellos beeinflusst. Der Erzähler im Roman *Dr. Katzenbergers Badereise* nimmt nämlich die Krux mit der Spannung zum Anlass für eine seiner zahlreichen Unterbrechungen. Nach einigen Anfangskapiteln teilt er die Leser in zwei Gruppen ein: die Gruppe der »Kehraus-Leser, welche an Geschichten, wie an Fröschen, nur den Hinterteil verspeisen und, wenn sie es vermöchten, jedes treffliche Buch in zwei Kapitel einschmelzten, ins erste und ins letzte.« Die Leser dieser Gruppe bittet er, zum letzten Kapitel zu springen, weil alles andere sie langweilen würde. Diejenigen der anderen Gruppe lädt er ein, mit ihm zu reisen und sich zu amüsieren. »Langen wir doch nach den längsten verzögerlichen Einreden und Vexierzügen endlich zu Hause und am Ende an, wo die Kehraus-Leser hausen; so haben wir unterwegs alles, jede Zoll- und Warntafel und jedes Gasthofschild, gelesen und jene nichts, und wir lachen herzlich über sie.«

Ich fühlte mich damals als Leser in der Tat etwas ausgelacht und habe mir die Kritik anscheinend zu Herzen genommen.

Jetzt begebe ich mich mit Vergnügen auf die Reise mit einem Erzähler und lasse mich von »allerlei verzögerlichen Einreden und Vexierzügen« unterhalten. Und dennoch kann ich nicht jedes abschweifende Erzählen in derselben Weise genießen.

3

Wenn zum Beispiel der Erzähler, ein Mitarbeiter des britischen Geheimdienstes, auf den ersten 40 Seiten meine Neugier weckt und ich wissen möchte, was es mit dem seltsamen nächtlichen Besuch einer Kollegin auf sich hat, von der ich annehmen muss, sie sei auch eine Spionin, und was sie ihm Dringendes mitten in der Nacht mitzuteilen hat, dann möchte ich darauf eine Antwort bekommen und ebenfalls wissen, was diese Mitteilung auslöst. Weshalb sonst hat der Erzähler sich so viel Mühe gegeben und die Spannung dermaßen sorgfältig aufgebaut?, denke ich.

Ich bin eine geduldige Leserin und würde ihm Zeit lassen. Wenn ich aber feststellen muss, dass die Erzählung vom eingeschlagenen Weg abkommt und anlässlich einer

Reflexion über den gemeinsamen Chef – den des Erzählers und der nächtlichen Besucherin – in einer völlig neuen Episode landet, die auch Spannung birgt und auch über zahlreiche (an sich interessante) Umwege führt (sogar zu einem Exkurs über Don Quijote und Sancho Panza reicht es), um in der spannenden (und urkomischen) Szene auf einer Damentoilette zu einem weiteren Bogen (weiteren Bögen!) Richtung Höhepunkt (ja welchen denn?) auszuholen, werde ich ungeduldig und erlaube mir, den Schluss zu lesen um zu erfahren, wie der Roman endet, wie jene Leser, »welche an Geschichten, wie an Fröschen, nur den Hinterteil verspeisen«.

Ich spreche hier vom Meister des abschweifenden Erzählens, von Javier Marías. Und selbstverständlich erlangte ich bei Marías auch mit dieser Strategie keinen Aufschluss. Ich musste also davon ausgehen, dass meine Neugier in Bezug auf die nächtliche Mitteilung nie befriedigt würde.

Da ich aber Marías' literarischem Können mehr vertraue als meiner Ungeduld, nahm ich den Roman *Dein Gesicht morgen* (Band 2*)* später wieder in Angriff, las danach den ersten Band und verschlang schlussendlich begeistert den dritten, wo eine nach der anderen alle seit dem ersten Band unbeendeten Episoden zu Ende geführt und alle hängigen Fragen geklärt werden. Die Lektüre verlangt dem Leser zwar einiges ab, belohnt ihn aber mit einem ungeheuren Reichtum an Reflexion, Auseinandersetzung, Anteilnahme, Komik, Kritik und — trotz allem — immer wieder Spannung.

Ich fragte mich während der Lektüre ab und zu, ob diese vertrackte, verschachtelte Struktur des Romans eine von Javier Marías' Strategien sei, höchst delikate und leider literarisch allzu oft malträtierte Themen wie Gewalt, Folter und Misshandlung (während des spanischen Bürgerkriegs oder während des 2. Weltkriegs oder während der Zeit des Terrors von ETA oder wo auch immer) zur Sprache zu bringen. Sozusagen in den Nebensätzen des Romans, in Abschnitten abseits der Haupthandlung, etwas versteckt, als würde der Erzähler nur ungern davon sprechen; wie sein Vater, in dessen Mund er beeindruckende Szenen von außergewöhnlicher Intensität und Emotionalität legt; wie sein Mentor Peter Wheeler, der sich über seine Erfahrungen im britischen Geheimdienst ausschweigt, zumindest zwei Bände lang.

Im dritten aber verknüpfen sich allmählich alle diese anscheinend abwegigen Episoden zu einem dicken Erzählstrang, dessen Thema tatsächlich Gewalt und Grausamkeit als menschliche Vermögen sind.

4

Es gibt Autoren die von Anfang an klar stellen, dass sie es nicht darauf anlegen, Spannung aufzubauen, ganz im Gegenteil. Die Erzählung zielt nicht auf ihren Schluss hin und lässt dem Leser Zeit und Raum, jedes Bild, jeden Absatz, jeden Satz (»jede Zoll- und Warntafel«) wie einen Leckerbissen genüsslich im Mund zergehen zu lassen. So etwa ergeht es mir in Ricardo Piglas Spiegellabyrinthen aus Worten oder bei Enrique Vila-Matas, der sich ein Spiel daraus macht, nichts zu erzählen, und der am Schluss trotzdem Vieles erzählt hat. Ich begebe mich mit Vergnügen auf diese Reisen, aber der Eindruck des Spielerischen herrscht vor. Vielleicht gehen diese beiden Autoren noch weiter mit ihrer Zurückhaltung hinsichtlich der Darstellung von Ungerechtigkeit und Gewalt. Erfahrungen diesbezüglich fehlen wohl weder dem Argentinier Piglia noch dem Spanier Vila-Matas.
Beide pflegen, jeder auf seine Art, einen leichten, verspielten Nihilismus. Vila-Matas mehr als Pigla.

5

Ich kann nicht damit prahlen, dass es mir wie Montaigne geht, der in einem Essay über das Vergessen folgendes Beispiel anführt: Er habe eine ganze Abhandlung fast bis zum Schluss gelesen, ohne zu merken, dass er sie vor Jahren selbst geschrieben habe. Dieses Beispiel ist mir nicht entfallen, obwohl ich Vieles vergesse, was ich lese, den größten Teil. Aber ich kann es in dem Band von Montaignes Essays in meinem Bücherregal nicht finden. Ich war absolut davon überzeugt, dass er diesen Text über die Vergesslichkeit enthält. Ich erinnere mich an den Text, aber ich kann ihn nicht finden.

Dass ich eine klare Erinnerung an einen Text habe, dessen Existenz zweifelhaft ist, ist nicht der Normalfall. Der umgekehrte Fall ist häufiger, dass ich mich nämlich überhaupt nicht mehr an den Inhalt eines Buches erinnere, das noch in meinem Bücherregal steht. Im besten Fall bleibt die Gewissheit, es gelesen zu haben, und eine vage Erinnerung daran, wie ich mich beim Lesen gefühlt habe und ob es eine bereichernde Lektüre war oder nicht. Aber wo bleibt auf die Dauer der Reichtum? Es ist entmutigend, ihn nicht in meiner Erinnerung zu finden. Natürlich kann ich die Bücher, die noch in meinem Regal stehen, erneut lesen oder, falls es dicke Bände sind, in ihnen herumstöbern oder meine Gedächtnislücke mit einer Zusammenfassung aus dem Internet stopfen.

Wo aber sind all die Bücher geblieben, die nicht mehr in meiner Bibliothek stehen, die nicht alle Wohnortswechsel mit vollzogen haben, die ich verschenkt oder entsorgt, die ich aber alle gelesen habe? Es muss Hunderte solcher Bücher geben, die keine Spur in meinem Gedächtnis hinterlassen haben. Weder Titel noch Autor noch die Farbe des Covers.

Natürlich habe ich Strategien gegen das Vergessen entwickelt. Eine bestand darin, die ganz subjektive Leseerfahrung mit anderen zu teilen, in sogenannten Lesezirkeln etwa, oder sie in Form von Artikeln aufs Papier zu bringen: Schreiben über das Lesen. Ich stand kurz davor, einen literarischen Blog zu eröffnen. Eine Zeit lang versuchte ich, Ordner und Hefte mit Zitaten und Notizen meiner Lektüren anzulegen – ohne es bis zu Arno Schmidts *Zettelkasten* zu bringen – oder – die zeitgemäßere Variante – die Ordner und Mappen in irgendeiner Cloud zu speichern, was weniger Platz beansprucht. Nur pflege ich auch Texte zu vergessen, die sich in meinen Archiven und Ordnern im Computer oder in einer Wolke befinden.

Ich vergesse also nicht nur, was ich gelesen habe, sondern

auch, was ich geschrieben habe. Ein bisschen wie Montaigne, mit dem Unterschied, dass ich nicht in Publikationen über meine vergessenen Texte stolpere.

Irgendwo aber steckt der Reichtum der Lektüren trotzdem. Vielleicht als Sediment auf dem Grund jenes Teichs des Lebens, der, wie mein Freund Quillo sagt, von Seerosen bedeckt ist. Ich habe nämlich vor einiger Zeit entdeckt, wie eine Lektüre mein Denken geprägt hat, ohne dass ich mir dessen bewusst gewesen wäre. Ich blätterte und las in dem dicken Band *Das zweite Geschlecht* von Simone de Beauvoir herum, der seit langer, langer Zeit in meinem Regal gestanden und zahlreiche Wohnungswechsel überlebt hatte. Ich wusste, dass ich das Buch gelesen hatte. Alle jungen Feministinnen von damals, den siebziger Jahren, haben es gelesen. Ich wusste, dass ich darüber nachgedacht hatte. Aber es war mir nicht bewusst, wie sehr es meine Ansichten über die Frauen, über mich als Frau und über den Feminismus geprägt hatte. Zu meiner Verblüffung stieß ich bei der erneuten Begegnung mit den vergessenen Analysen und Reflexionen auf Meinungen, die ich oft vertreten hatte, ja, manchmal sogar auf Ausdrücke und Formulierungen, die ich zu gebrauchen pflegte.

Wer weiß also, wie viele meiner Überzeugungen und Ansichten, ja selbst meiner Rhetorik, aus diesen vergessenen

Büchern stammen. Könnte ich doch den Taucheranzug überstülpen und hinabtauchen ins Sediment des vergessenen Reichtums!

6

Es gab Jahre (vor langer Zeit), in denen ich *I-Ging. Das Buch der Wandlungen* als Gesprächspartner zum Nachdenken über mir wichtig scheinende Entscheidungen konsultierte. Das erlaubte mir eine gewisse Distanz. Ich liess es aber nie so weit kommen wie jene Frau, von der Ricardo Piglia in *Prisión perpetua* erzählt: Sie tue nichts, ohne das *I-Ging* zu konsultieren. Er endet mit dem Satz: »Manchmal konsultierte sie das *I-Ging*, um herauszufinden, ob sie das *I-Ging* konsultieren sollte.«

Ich hatte das Buch vergessen, aber bei den vielen Wohnungswechseln anscheinend immer mitgenommen. Bei einer Neuordnung des Bücherbestandes entdeckte ich es ganz oben in einem Winkel des Regals, ganz versteckt, zusammen mit ein paar weiteren Esoterik-Büchern.

Ich muss zugeben, dass ich den Ratschlägen, die ich aus den rätselhaften Texten abzuleiten glaubte, nie wirklich traute, denn ich hatte das Buch gestohlen. Die Tatsache, dass der Diebstahl auf die 1970er Jahre zurückgeht, als ich extrem jung, extrem radikal und extrem knapp bei

Kasse war, entlastet mich nicht.

Eine noch radikalere Freundin hatte mich zu dem Diebstahl in den fünf Minuten überredet, in denen wir in der Buchhandlung standen und ich mir das Buch ansah, das ich mir nicht leisten konnte. Ihre Argumentation entsprach dem damaligen revolutionären Standard: dass Verlage und Buchhandlungen ausbeuterische kapitalistische Unternehmen seien (wie alle Unternehmen, sagte meine Freundin) und dass sie es verdienten, wenn wir nicht bezahlten. Noch heute bin ich erstaunt über meine Unverfrorenheit und wie ich mit diesem dicken, schweren Band, dem *I Ging*, an der Kasse vorbei aus der Buchhandlung marschieren konnte.

Mein schlechtes Gewissen dauerte über Jahre: Immer hatte ich den Verdacht, dass das Buch mich auf seine Weise bestrafen und mich in die Irre führen könnte.

7

Die Tische waren weiß aufgedeckt, die meisten hatten sich schon gesetzt und Scharen emsiger Kellner und Kellnerinnen tischten die Vorspeise auf. Die Tagung war anregend gewesen, wir hatten uns noch eine Weile unterhalten und kamen als letzte in den großen Speisesaal, der gut besetzt war. Deshalb mussten wir uns trennen und zwischen den langen Reihen bereits Speisender einen leeren Stuhl, einen freien Platz suchen. Ich unterhielt mich immer noch angeregt mit einem Tagungsteilnehmer. Er war mir sympathisch, obwohl ich nicht einmal seinen Namen kannte. Viel jünger als ich. Zufällig fanden sich zwei freie Plätze und wir setzten uns, immer noch ins Gespräch vertieft. Um uns herum plauderten die Geladenen, klingelten die Gläser. Nur vor einem der zwei freien Stühle befand sich ein Gedeck: Teller und Besteck für mindestens drei Gänge. Alles weiß in weiß. Ich stand wieder auf und hielt Ausschau nach einem noch nicht gebrauchten Gedeck. Eben waren wir an einigen vorbeigegangen, erinnerte ich mich. Ein paar Schritte weiter vorn entdeckte ich eins und packte die Gabeln, Messer, Löffel, Servietten, Teller und Gläser mit etwas Mühe. Ein vorbeieilender Kellner schaute mich vorwurfsvoll an. Zu meiner Überraschung saß schon jemand an meinem Platz und war in ein Gespräch mit dem vormaligen Tischnachbarn vertieft, dem bereits die Vorspeise und der Wein aufgetischt worden waren. Ich stellte mein erobertes Gedeck auf den freien Platz, der sich nun rechts neben dem Eindringling befand, und schaute meinen Begleiter fragend an. Der zuckte bedauernd die Schultern und ergab sich dem Redefluss des neuen Nachbarn. Immer noch war mein Teller leer. Um mich herum gingen sie bereits zum Hauptgang über.

Ich stand erneut auf und suchte jemanden vom Servicepersonal. Der Frau erklärte ich mein Problem, dass ich nämlich etwas spät gekommen sei und immer noch auf die Vorspeise warte.

»Geht in Ordnung. Ich melde es und gleich wird jemand kommen.«

Als ich auf meinen Platz zurückkehrte, hatte dieser zu meinem Erstaunen wieder gewechselt: Nun befanden sich der leere Stuhl und das leere Gedeck ganz am Ende der Tischreihe. Ich nahm – etwas unentschlossen – Platz und fand mich umgeben von drei jungen Männern, die mich kaum zur Kenntnis nahmen. Ein schneller Blick, ein kaum wahrnehmbares Nicken als Begrüßung und schon ging die laute Unterhaltung weiter. Ich fühlte mich fehl am Platz und zunehmend hungrig. Der Kellnerin hatte ich nur vage meinen Platz gezeigt, und nun saß ich erst noch am entgegengesetzten Ende der langen Tischreihe. Wie würde sie mich jemals finden! Eine große Traurigkeit überkam mich, während rings herum gegessen, angestoßen, geredet und gelacht wurde.

Wieder verließ ich meinen Platz, um einen Kellner zu suchen und etwas zu essen und zu trinken. Unterdessen war die Nachspeise an der Reihe. Einige bestellten schon den Kaffee. Die Küche war sicher schon geschlossen.

Da entdeckte ich Angelika, mitten in den dicht an dicht sitzenden Gästen, ein Tässchen Espresso in der Hand, den zu trinken sie aber noch keine Gelegenheit gefunden hatte, lebhaft gestikulierend und wie immer pausenlos sprechend. Ich wusste nicht, sollte ich mich ihr nähern. Dazu müsste ich es allerdings schaffen, zwischen den zwei Tischreihen und den Rücken der Speisenden durchzukommen. Noch stand ich unentschlossen zwischen den vorbeieilenden Kellnern, als sie mich entdeckte und lachend winkte, um sich dann wieder ins Gespräch zu stürzen. Schade, dachte ich, Angelikas ansteckende Fröhlichkeit wäre mir jetzt gut bekommen, auch ihren kaum je stockenden Gesprächsfluss hätte ich in diesem Moment dankbar entgegengenommen.

Plötzlich stand der vormalige Gesprächspartner da.

»Na, hast du gut gespeist?«, fragte er aufgeräumt. Ich fragte mich, wie viele Gläser er wohl intus hatte.

»Ja, die Schweinemedaillons waren ausgezeichnet. Die Champignonrahmsauce vor allem«, antwortete ich leicht benommen vom Hunger und vom Lärm um mich herum. Dann wusste ich nichts mehr zu sagen. Zum Glück hatte er sich aber schon verabschiedet.

Ein wenig Fiktion, zur Abwechslung, vergessen und wieder gefunden in meinen Archiven. Sind Träume Fiktion?

Geschichte einer Geschichte

1

Wie schwer das kleine Mädchen es mir gemacht hat! Dabei war sie noch Monate von ihrem fünften Geburtstag entfernt, als wir zusammen eine Geschichte erfinden wollten. »Was soll als erstes darin vorkommen?«, fragte ich. »Ein Einhorn, eine Lampe und ein Glöckchen«, antwortete sie. Eine ziemliche Herausforderung für den Anfang! Und wir hatten die zweite Szene noch nicht erreicht, als sie hinzufügte: »Und eine Giraffe.«

Es war eine dunkle Nacht, ohne Sterne und Mond. Nur die weißen Lichter der Straßenlaternen (hier hatte ich mir eine kleine Freiheit genommen und die Lampe durch Straßenlaternen ersetzt, was besser passte) zeichneten Kreise auf die Straße. Die Stille wurde plötzlich durch das Geräusch von Pferdehufen unterbrochen, die sich aus der fernen Dunkelheit näherten. Die erste Straßenlaterne sah mit Erstaunen ein Einhorn in dem Lichtkreis, den sie auf die Straße warf.

Sie hatte nicht einmal Zeit, überrascht zu blinzeln, denn kaum war das Geräusch der Hufe verstummt, hörte man ein leises, eindringliches Bimmeln.

Das ist mein Sohn, sagte das Einhorn. Diese Glocke trägt er immer um den Hals, für den Fall, dass er sich verirrt. Er liebt es, von Zeit zu Zeit auszureißen, es ist nicht das erste Mal. Aber heute habe ich ihn den ganzen Nachmittag nicht gefunden und im ganzen Wald war die Glocke nicht zu hören. Im Dorf, sagst du? Wie weit der kleine Schlingel gegangen ist! Und das Einhorn trabte weiter.

Das Dorf war so klein, dass es den Dorfplatz sofort fand.

Jetzt musste aber die Giraffe kommen, die Kleine hatte ihren Wunsch schon dreimal wiederholt. Also stellte ich sie neben die Tanne auf dem Platz.

Sie versuchte gerade, das Glöckchen, dessen Kordel sich in den höchsten Ästen verfangen hatte, herauszuziehen, als Vater Einhorn kam. Keine Spur vom Sohn!

Ich hatte keine Ahnung, wie das Glöckchen auf den

Baum gekommen war. Die Geschichte musste aber weitergehen, denn inzwischen hatte ich das Mädchen als sehr aufmerksame Zuhörerin und Mitarbeiterin gewonnen. Also schickten wir beide, Einhorn und Giraffe samt Glöckchen in den Wald auf die Suche nach dem verlorenen Sohn.

»Und was finden sie im Wald«, fragte ich das kleine Mädchen und sie antwortete: »Den Wolf!«

In diesem Moment mischten sich die Eltern des Mädchens ein und sagten, das Abendessen sei fertig, es sei sehr spät und am nächsten Tag müsse sie in die Schule. Ich war zu Hause, klebte an meinem Handy und musste diese heikle Situation per Videoanruf lösen: Sollte ich etwa das Einhorn und die Giraffe im Wald zurücklassen, gejagt von einem Wolf? Man stelle sich vor, wie schnell eine Giraffe nachts und in einem ihr unbekannten Wald rennen kann! Bei jedem Stoß gegen die hohen Äste bimmelte die Glocke verzweifelt. Aber ich konnte mich nicht mit diesen Details aufhalten: Das kleine Mädchen litt mit den beiden verfolgten Tieren und die Geschichte musste beendet werden, weil das Abendessen auf dem Tisch stand. Also brachte ich das Einhorn dazu, in sein Haus zu flüchten (es lebte im Wald), mit der Giraffe auf den Fersen.

»Und was fanden sie im Haus?«

»Den Sohn«, antwortete das kleine Mädchen.
»Genau! Während der Vater im Dorf nach ihm gesucht hatte, war der Kleine zurückgekehrt und hatte auf ihn gewartet. Und wenn sie nicht gestorben sind, ... Nein! Die Geschichte ist noch nicht zu Ende! Zeit für das Abendessen, meine Liebe! Bis bald und gute Nacht!«

2

Als die Geschichte vom Einhorn Wochen später wieder ins Gespräch kam, musste ich den Text suchen, um meine Erinnerung aufzufrischen. Ich hatte dem Dokument den Namen *Lucys unvollendete Geschichte* gegeben und sagte es der Kleinen. »Ja«, meinte sie begeistert, »sie soll niemals zu Ende gehen!«
»Also, an die Arbeit!«

Sobald der Vater und die Giraffe im Haus waren, beide erschöpft von der Flucht durch den Wald, fand folgender Dialog statt:
Sohn: Wo bist du gewesen? Ich habe auf dich gewartet.
Vater: Was soll das heißen: Wo bist du gewesen!? Ich habe dich gesucht! Ich konnte dich den ganzen Nachmittag nicht finden und habe die Glocke im ganzen Wald nicht gehört. Wo warst DU? Das ist die Frage! Und was

hast du mit der Glocke gemacht? Wie ist sie auf den Baum im Dorf gekommen?
Sohn: Oh, Dad, das ist eine lange und komplizierte Geschichte.
Vater: Du musst sie mir erzählen!
Sohn: Ich wollte im Wald hinter dem Haus spielen, als plötzlich ...

»Plötzlich was?«, flüsterte ich Lucy zu.
»Das Einhorn hat plötzlich ein paar wunderbar farbige Vögelchen gesehen«, sagte sie.
Das war's!

Ich spielte im Wald hinter dem Haus, wie immer mit meiner Glocke um den Hals, als ein paar bunte Vögelchen heran flatterten. Sie begannen um meinen Kopf zu schwirren und ich konnte hören, was sie sagten.
Und was haben sie gesagt, wollte der Vater wissen.
Sie fragten mich, ob ich mit Bleichmittel geschrubbt worden sei, weil ich so weiß war. Und sie lachten.
Es stimmt, ich habe überhaupt keine Farbe. Ich bin komplett weiß! Das war mir bis zu diesem Moment gar nicht bewusst. Und es machte mich so traurig, dass ich sie fragte, wie sie es geschafft hatten, so schöne Farben zu bekommen.

Was für ein Unsinn, sagte der Vater. Wir waren schon immer weiß, und so muss es auch bleiben.
Aber ich will nicht weiß sein!, trotzte das kleine Einhorn, und jetzt wusste ich, wie ich Farben bekommen konnte. Ich ging also nicht nach Hause, sondern machte mich auf die Suche nach dem Farbenmonster, wie es mir die Vögelchen gesagt hatten.

Die Sache mit dem Farbenmonster brachte ich ins Spiel, weil ich wusste, dass die Kleine diese Geschichte kannte, dass ihre Mutter sie ihr oft vorgelesen hatte.

Ich glaub es nicht, sagte der Vater überrascht, du bist in den Wald gegangen, um das Farbenmonster zu suchen?!
Warum nicht?, antwortete der Sohn und schaute den Vater herausfordernd an.
Und ich nehme an, du hast es nicht gefunden?
Nein, antwortete er.
Und du hast das Glöckchen verloren?
Ja.
Herrgottnochmal, platzte der Vater heraus, erzähl mir endlich alles, was passiert ist! Und die Giraffe nickte bestätigend, woraufhin das kleine Glöckchen, das sie immer noch im Mund hielt, bimmelte.
Nun, sagte das kleine Einhorn, ich ging auf der Suche

nach dem bunten Monster durch den Wald und stellte mir vor, was ich von ihm bekommen wollte.

Und in diesem Moment erinnerte ich mich daran, was Lucy einmal gesagt hatte: »Weißt du«, sagte sie, »früher kannte ich die Farbe Rosa nicht, und als ich sie dann kannte, dachte ich, sie sei die schönste Farbe von allen. Und jetzt male ich alles mit dem rosa Buntstift.« Und so dachte sich das kleine Einhorn, dass es das Monster zuerst um ein tief rosa Fell bitten würde. Und auf dem rosa Hintergrund wollte es rote Kreise und blaue Punkte. Die Mähne gelb und den Schwanz grün. Das Mädchen? Das Einhorn?, spielt keine Rolle. Ich war bereits damit beschäftigt, was im dunklen Wald passieren würde. Das kleine Einhorn könnte ein Schokoladenhäuschen entdecken; einen Brotbackofen finden, in dem die Brote brannten und sich beschwerten; sieben schwarze Krähen könnten erscheinen, ein Oger ihm den Weg versperren, es könnte eine Sirene singen hören, einen Jäger sehen, der mit der Flinte auf es zielte, ein Zauberer könnte es in einen Frosch verwandeln, einige Wanderer ihm einen (vergifteten?) Apfel anbieten. Ich hoffte, dass es nicht wieder ein Wolf sein würde.

Ich ging immer tiefer in den Wald hinein, als ich plötzlich

die Bäume sah, bei denen wir immer Verstecken gespielt haben. Erinnerst du dich, Papa?

Und hier griff Lucy mit großer Entschlossenheit ein: »Jetzt kommt ein Wolf.« Sie dachte kurz nach. »Nein. Zwei Wölfe.« Nach einer weiteren Denkpause, euphorisch: »Da waren drei Wölfe!« Sie war sehr zufrieden mit sich und wartete darauf zu sehen, was ich mit dieser Herausforderung anstellen würde. Oder besser gesagt, was das kleine Einhorn tun würde.

Es waren drei große Bäume, sagte dieses, und hinter jedem Stamm schaute ein Schwanz hervor. Das heißt, drei Schwänze, und ich wusste sofort, zu wem sie gehörten: Es waren drei Wölfe!
Sie hatten sich versteckt und warteten darauf, dass ich zu den Bäumen käme. Jetzt konnte ich ihre Köpfe sehen, ihre bösen Augen, ihre spitzen Ohren und ihre klaffenden Kiefer mit den furchterregenden Reißzähnen. Ich drehte mich um und rannte weg; hinter mir her die Wölfe.
Plötzlich stolperte ich. Das war's, dachte ich, tschüss, Papa, tschüss, Mama, die Wölfe werden mich fressen.

»Er ist über ein Kissen gestolpert«, sagte Lucy schnell.

Es war ein Kissen, sagte der Kleine, auf das ich gefallen war. Es erhob sich und schwebte in der Luft, mit mir darauf. Es muss ein Zauberkissen gewesen sein.

»Nein«, protestierte die Kleine. »Es war kein Zauber, es hatte einen Knopf.«
»Und einen Propeller?«, fragte ich.
»Nein«, antwortete sie.

Es war ein Kissen, sagte der Kleine, auf das ich gefallen war. Es hatte einen Knopf in der Mitte, der mir weh tat, als ich darauf fiel. Zum Glück! Denn er startete einen Motor und das Kissen erhob sich in die Luft und ich oben drauf. Gott sei Dank! Unten schauten die Wölfe hoch, fletschten die Zähne und heulten.
Das Kissen flog über die Bäume, weit unten sah ich das Dorf, ich erkannte die Kirche und die riesige Tanne auf dem Platz.
Dort musst du die Glocke verloren haben, unterbrach der Vater, denn dort haben wir sie gefunden.
Wir erreichten die höchsten Gipfel der Berge, fuhr der Kleine unbeirrt fort, und das Kissen landete auf einem Felsvorsprung. Mit einem sanften Ruck ließ es mich auf den Boden fallen und erhob sich wieder in die Luft.

Da stand ich nun, schwindlig von dieser Höhe und sehr verängstigt. Wie sollte ich von diesem Gipfel herunter je wieder nach Hause kommen?

»Dann sieht der Kleine etwas«, sagte ich zu dem Mädchen. »Was wünschst du dir?«
»Ein Einhorn-Baby«, antwortete es.
»Weiß wie er«, fragte ich.
»Nein, viele Farben.«

Auf dem Boden lag ein Nest aus ziemlich großen Ästen und darin entdeckte ich ein kleines Tier mit einem winzigen Horn auf der Stirn. Es war ein Einhorn-Baby! Aber es hatte Flügel und es war nicht weiß, sondern ganz im Gegenteil.
Kurz darauf kam die Mutter. Stell dir vor: Durch die Luft! Ich war erstaunt: ein Einhorn mit Flügeln! Und auch bunt, wie das Baby, das immer noch schlafend in seinem Nest lag. Sie faltete ihre großen Flügel zusammen und schaute mich überrascht an. Ich erzählte ihr die ganze Geschichte: von den bunten Vögeln, den Wölfen und wie ich auf den Fels gekommen war. Dann fragte ich, wie sie es geschafft habe, so schöne Farben und Muster zu bekommen.
Die Einhorn-Mutter lachte: Was für eine seltsame Frage!

Wir wurden so geboren und haben diese Farben schon immer gehabt, genau wie unsere Eltern. Schau, ich habe Punkte und mein Mann hat Streifen und deshalb hat unsere Tochter Punkte und Streifen, etwas von jedem von uns.
Meine Eltern sind weiß wie ich und haben keine Flügel.
Aber ich will welche haben, und Farben auch, sagte ich.
Da schaute mich die Mutter lächelnd an, antwortete dann aber ernst:
Schau, Kleiner, die Natur ist großartig und sehr vielfältig. Es gibt Bäume mit Blättern und andere mit Nadeln, es gibt hohe, schlanke Bäume und es gibt kurze, stämmige. Es gibt Blumen mit vielen Blütenblättern und andere mit wenigen, es gibt solche, die süß duften, und andere ohne Duft, gelbe oder rote oder weiße oder violette. Es gibt riesige Fische wie die Wale und es gibt kleine wie die Sardinen, ...

Ich war in Fahrt gekommen und fuhr mit meiner Aufzählung, die ich an dieser Stelle nicht anführen möchte, fort. Nach einer guten Weile kam ich zu der Moral:

Es gibt weiße Einhörner und es gibt bunte, es gibt solche mit Flügeln und solche ohne Flügel. Du bist ein weißes Einhorn ohne Flügel wie deine Eltern. Du wurdest so geboren und du solltest nicht etwas sein wollen, was du nicht bist, sagte die Einhornmutter.

An diesem Punkt merkte ich, dass ich mit einem leeren Bildschirm sprach. Das Mädchen war weg! Im Zoomfenster, wo sie sein sollte, war das Bücherregal des Wohnzimmers mit der einsamen Pflanze im Hintergrund. Wie hatte ich mich zu einem so lächerlichen Diskurs hinreißen lassen können! Und zu guter Letzt eine Moral dieses Kalibers: Du wurdest so geboren und du solltest nicht etwas sein wollen, was du nicht bist. Kein Wunder, dass Lucy sich gelangweilt hatte!
An ihrer Stelle tauchte nun der Vater im Bildschirm auf und teilte mir mit, dass Lucy dringend aufs Klo musste, und fragte mich, ob ich auf sie warten wolle, um uns zu verabschieden.
»O.K.«, antwortete ich, »ich warte«, und grübelte weiter: Ist es etwa verurteilenswert, etwas sein zu wollen, was man nicht ist? Ist dieser Wunsch nicht die treibende Kraft vieler Leben? Wollte ich nicht immer wieder etwas sein, was ich nicht war?
Und während das Mädchen lange brauchte, um zurückzukehren, stieg mein Grübeln zu einem echten philosophischen Höhepunkt auf mit der Frage: Und überhaupt: Wie kann ich wissen, wer ich bin?

Als Lucy wieder auf dem Bildschirm auftauchte, war es bereits sehr spät. Ich musste schnell ein Ende finden.

Es ist sehr spät, sagte die Einhornmutter, deine Eltern werden sich Sorgen machen. Du musst so schnell wie möglich nach Hause.
Aber ..., begann ich von neuem.
Kein Aber, unterbrach das Einhorn. Ich bringe dich nach Hause. So geht es schneller und ich vergewissere mich, dass du sicher ankommst.
Gesagt, getan. Sie hob mich zwischen ihre Flügel und wir flogen los. In Windeseile landeten wir vor unserem Haus und ich rannte die Auffahrt hinauf und winkte ihr zum Abschied zu. Den Rest kennst du. Das Haus war leer und ich habe auf dich gewartet, sagte das kleine Einhorn zum Vater, und die Giraffe gab ihm schließlich das Glöckchen zurück.

»Gute Nacht, meine Kleine!«
Wir verabschiedeten uns, das Mädchen und ich. Und ich wusste, dass die Geschichte noch nicht zu Ende war, denn es fehlte die Erzählung der Giraffe, die sie gefragt hatten, warum sie nicht in Afrika sei.

3

Als die Geschichte ihr (vorläufiges) Ende erreicht und ich die Illustrationen fertiggestellt hatte (ohne sie dem Mädchen zu zeigen), trafen wir uns endlich wieder einmal. Zwei lange Monate hatten wir uns wegen der Covid-Einschränkungen nicht besuchen können.

Irgendwann während dieses Wiedersehens befanden das Mädchen und ich uns in einer Hängematte schaukelnd auf der Terrasse. Ich weiß nicht, wie wir auf das Thema der Geschichte kamen, vielleicht brachte ich es zur Sprache, um zu sehen, ob sich das Mädchen erinnerte oder woran sie sich erinnerte.

Und wie sie sich erinnerte! Sie erklärte mir, dass sie darüber nachgedacht habe und dass die drei Wölfe nicht böse seien und dass sie hinter dem Einhorn her seien, weil sie mit ihm spielen und Freunde werden wollten. Meine Antwort war kategorisch: An der Geschichte könne nichts mehr geändert werden, weil die Bilder bereits gemalt waren. Sie akzeptierte es, ohne sich zu beschweren, und ging zu einem anderen Thema über. Diejenige, die hängen blieb, war ich. Hätte ich nachgeben sollen? War ich etwa die alleinige Eigentümerin der Geschichte? Wer hatte das Recht, die Handlung zu bestimmen? Hatten wir nicht beide die Urheberschaft? Hätte ich verhandeln sollen?

Ich kam zu einem pragmatischen Entschluss: Die Illustrationen gehörten mir, ich hatte hart an ihnen gearbeitet und sie gefielen mir. Und die Geschichte, wie sie schlussendlich herausgekommen war, auch. Die spätere Entscheidung des Kindes hatte wahrscheinlich damit zu tun, dass es sich nicht mehr an den Fortgang der Geschichte erinnern konnte; vermutlich hatte es das Kissen und die weitere Entwicklung vergessen und die drei großen bösen Wölfe waren ihm zu unheimlich oder es hatte plötzlich doch Mitleid mit dem kleinen Einhorn. Dass die vier am Ende friedlich im Wald spielen würden, erschien mir völlig unplausibel. Ein fliegendes Kissen mit einem Knopf hingegen, das hatte seine Logik!